プレイボーイにさよなら

サラ・モーガン 作

竹中町子 訳

ハーレクイン・イマージュ

東京・ロンドン・トロント・パリ・ニューヨーク・アテネ・アムステルダム
ハンブルク・ストックホルム・ミラノ・シドニー・マドリッド
ワルシャワ・ブダペスト

The English Doctor's Baby

by Sarah Morgan

Published by Harlequin K.K., Tokyo, 2005

◇作者の横顔

サラ・モーガン　イギリスのウィルトシャー州生まれ。看護婦としての訓練を受けたのち、医療関連のさまざまな仕事に携わり、その経験をもとにしてロマンス小説を書き始めた。すてきなビジネスマンと結婚し、小さな男の子が二人いる。子育てに追われながらも暇を見つけては執筆活動にいそしんでいる。アウトドアライフを愛し、とりわけスキーと散歩が大のお気に入り。

主要登場人物

ジェニー・フィリップス……看護婦。
クロエ・フィリップス……ジェニーの妹。故人。
デイジー……クロエの娘。
アレックス・ウエスタリング……医師。
ケイティ……アレックスの上の妹。
リビー……アレックスの下の妹。
アンドリアス……リビーの夫。
ゾーイ……リビーの娘。
アシーナ……リビーの娘。

1

「着いたわ」ジェニーはつぶやき、車のエンジンを切った。口の中はからからに乾き、心臓があまりにも激しく打っているせいでめまいさえ覚える。「さあ、いよいよあなたのパパに会うのよ」

ジェニーは一瞬目を閉じ、それから隣のチャイルドシートに固定されている赤ん坊に向き直った。

私は正しいことをしているのだろうか？

何カ月も悩みつづけ、ついにこの瞬間を迎えたのに、ジェニーの中にふいに疑いがこみあげてきた。

アレックス・ウエスタリングは本当に無邪気な赤ん坊にふさわしい父親なのだろうか？

答えは〝ノー〟に違いない。

だが、ほかにどんな選択肢があるだろう？

ジェニーは赤ん坊の頰を指でやさしく撫《な》でた。

「私は本当はこんなことをしたくないって、あなたにはわかるでしょう？　彼は医者かもしれないけど、女性に関してはよくない評判があるし、今までだれとも真剣につき合ったことがないらしいの。だから彼にあなたを引き合わせたくなんかないわ」ジェニーはそこでいったん言葉を切り、唇を噛《か》んだ。「でも、ほかに方法を思いつけなかったの。私たちには助けが必要よ。もうこれ以上私たちだけではやっていけないもの。それに、あなたは自分の父親を知る必要があるわ。アレックス・ウエスタリングが自分の責任を果たすべきときがきたのよ」

赤ん坊はうれしそうに声をもらし、足をばたばたさせた。

ジェニーは穏やかにほほえんだ。「デイジー・フィリップス、あなたは本当にかわいい赤ちゃんだわ。

彼もそう思ってくれることを願いましょう」

だが、ジェニーは楽天主義者ではなかった。

アレックス・ウエスタリングに関して彼女が聞いた話や読んだ記事によると、赤ん坊は彼の人生計画には含まれていないらしい。それがどんなにかわいい赤ん坊であっても。

彼は失恋したおおぜいの女性たちをほったらかし、気ままな人生を送っている、ひどく冷酷な金持ちのプレイボーイだという。だからジェニーは彼に冷たくあしらわれるだろうと確信していた。

車を離れなくてはならない瞬間を先延ばしにしながら、ジェニーは窓の外に目を向け、太陽の光を受けてきらめく海を眺めた。今日はすばらしい日だ。だが、こんなに緊張したのは生まれて初めてだった。

「さあ、早く片づけてしまいましょう」ジェニーは歯をくいしばり、砂丘を背にして並んでいる釣人用のコテージを見おろした。「少なくとも、彼は趣味がいいようね。こんなすてきなところに住んでいるんですもの」

ジェニーは運転席のドアを開けて助手席側にまわり、チャイルドシートのベルトをはずして慎重にデイジーを抱きあげた。

それから深呼吸をして車をロックし、つぶやいた。

「覚悟なさい、アレックス・ウエスタリング。あなたはもうすぐ過去に向き合うことになるわ」

五キロほど離れた病院の救急医療室で、アレックス・ウエスタリングは診察を終えて体を起こした。

「それで？　私はもう死ぬんですか、先生？」ストレッチャーに横たわった年配の女性はアレックスをにらみつけるように見たが、彼はその瞳に浮かぶ不安げな色に気づいていた。

「死んだりしませんよ、メイヴィス」アレックスはやさしく言った。「しかし、ダンスをするのは数週間無理でしょう。踝《くるぶし》の骨が折れていますから」

老婦人は眉をひそめた。「そんなことがわかるはずないわ。まだレントゲンも撮っていないのに」

「これから撮るところです」アレックスは用紙に手を伸ばし、必要事項を書き入れながら答えた。「でも、折れているのはわかっています」

「どうして？　あなたはスーパーマンなの？　最近の医者はX線並みの視力を持っているのかしら？」

アレックスはそばにいた看護婦に用紙を渡した。

「メイヴィス、あなたは転んでから踝に体重をかけられないはずです。それに、踝の中央に触ると痛みがある……ここの骨です」彼が自分のズボンを持ちあげてその部分を示すと、メイヴィスはウインクをした。

「すてきな足ね」

アレックスは笑ってズボンから手を離した。「そう思ってもらえてうれしいですよ」

「それで、もしあなたがそんなに賢いなら、なぜわざわざレントゲンを撮る必要があるの？」

「骨折部分を正確に見たいからです」アレックスは辛抱強く言った。「お望みなら、僕がなにを求めているか詳しくご説明しますよ」

「わかったわ、レントゲンを撮るわよ」メイヴィスはアレックスをじっと見つめた。「あなたのことは知ってるわ。いつも雑誌に載っているものね。途方もないお金持ちで、名家の息子で、広大なお屋敷に住んでいるんでしょう」

看護婦がアレックスの方を神経質にちらりと見た。彼が私生活や自分の家族に関してなにも話さないことは有名だから、同僚たちもあえてその話題にふれないようにしているのだ。

一瞬、緊張に満ちた沈黙が流れたが、やがてアレックスが首を横に振って笑いだした。「ほかに僕について知っていることは、メイヴィス？」

「あなたが罪作りな男性だってことだけよ。もし記事が事実ならね」

「違いますよ」アレックスがそっけなく言うと、メイヴィスは瞳をきらめかせた。

「去年の冬もお会いしたわよね？　私が腰を痛めたときに。こんなふうにあなたに会えるなら、またどこか骨折してもいいわ」

「ばかなことを言わないでください、メイヴィス。次に僕と話したくなったときは、電話をしてください。会ってお茶でも飲みましょう。そのほうが骨折するよりずっと簡単です」

「生意気な男性ね！　八十六歳の私にデートを申しこんでいるの？」

「まあね」アレックスの青い瞳がきらめいた。「ですが、僕はどんな女性とも結婚の約束はしないと警告しておきますよ」

メイヴィスは楽しげに笑った。「私の年齢になれば、そんなことは気にしないわ。ちょっと楽しみたいだけだもの」

アレックスはほほえんでから看護婦の方に向き直った。「彼女をX線の撮影に連れていき、写真ができたらすぐに僕を呼んでくれ」

そして、診察室を出たところで、彼はたくさんのX線写真をかかえた別の看護婦にでくわした。

「僕の患者のものはあるかい？」

ティナは首を横に振った。「ないと思います。あなたはほぼ一日中、尿細管性アシドーシスの患者にかかりきりだったから、ほかのドクターがあなたの仕事をしていたんです」

アレックスは眉をつりあげた。「もし僕がそんな怠惰な一日を送っていたなら、なぜこれほど疲れきっているんだろう？」

「一晩中起きていて、今朝デスクで二時間眠っただけだからじゃありませんか？」

「確かにそれは関係があるかもしれないな。とにかく、もっとスタッフを増やすか、患者を減らさなくてはどうしようもないよ」

「今日はもうお帰りになるんですか？」

「メイヴィス・ベリングのＸ線写真を調べたらね」

「まあ、なんてこと！　あの気の毒な女性がまた来ているんですか？　今度はどうしたんです？」

「踝さ。この前のときほどひどくはないが、自分の目で確かめておきたいんだ」

　ティナの瞳にやさしげな色が浮かんだ。「あなたはすばらしい男性だと、だれかに言われたことはありません？」

「おかしなことに、一度もない」アレックスはもの憂げに答えた。「実際、いつも反対のことばかり言われているよ」

「仕事の面では、という条件をつけるべきだったかもしれませんね。私生活では、あなたは決してすばらしい男性とは言えませんから」ティナは瞳をきらめかせた。「あまりにも女性の気持ちに鈍感で」

　アレックスはあくびをした。「やめてくれ。雑誌の記事についてメイヴィスにからかわれたばかりなんだ。僕はそろそろひと休みさせてもらうよ、ティナ。この三十六時間ほとんど眠っていないんだ。説教は聞きたくない」

　アレックスは自分のオフィスへ行き、眠気と闘いながら書類仕事を始めた。しばらくすると、メイヴィスが戻ったと看護婦が知らせてきた。

　アレックスはＸ線写真を取り出して説明した。

「これくらいですんでよかった。踝の外側の骨が折れていますが、幸い、ずれてはいません」

「なぜ幸いなの？」

「手術の必要がないからですよ。あなたに必要なのは膝下のギプスと鎮痛剤です。今後は適切な処置をしてくれる整形外科医のところに行ってもらいますよ。ハンサムな連中ですから、あなたも気に入るでしょう」

メイヴィスは輝くような笑みを浮かべた。「それで、またあなたに会えるの？」

「いいえ、またどこか別の箇所を骨折しない限りはね。ところで、ギプスをつけた脚でどうやって一人で生活するつもりですか？」

「あなたがうちに来て、私をお風呂に入れてくれると言ってるの？」

アレックスは笑った。「僕は、地域の保健婦や介護助手に短期間手伝いに来てもらうと言っているんですよ」

メイヴィスは顔をしかめた。「つまらないわね」

アレックスは必要な手配をすませると、オフィスへ行って車のキーと上着を持ち、駐車場へ向かった。

大変な十日間を過ごし、体は疲れきっている。だが、ありがたいことに週末まであと一日だ。アレックスはゆっくり眠ったり、サーフィンをしたりして週末を過ごすつもりだった。

なんの責任も果たさずに。

彼は留守なのだ。

ジェニーはもう一度呼び鈴を鳴らし、何歩かうしろに下がってその家を眺めた。それは彼女の予想とは違っていた。アレックス・ウエスタリングは私には想像もつかないほどの金持ちだから、彼の家もその華やかなライフスタイルを反映しているに違いないと、ジェニーは思っていた。だが、そうではなかった。外から見る限り、ふつうの釣人用のコテージに見える。

いったいどういうことだろう？　ジェニーが考えをめぐらせているうちに、力強いエンジン音が近づいてきた。

彼女の全身の筋肉が緊張し、心臓が早鐘を打ちはじめた。

彼だ。ジェニーの本能が警告していた。そして、車体の低い黒いスポーツカーが視界に入ってきた瞬間、彼女は自分の本能が正しかったと知った。

家は意外だったが、車は完全にジェニーの予想どおりだった。男の身勝手さを露骨に示すようなその車は、彼のプレイボーイぶりについてジェニーが耳にした噂《うわさ》を完全に裏付けていた。金属の固まりにこんな大金をつぎこむのは彼のような浅はかな男だけだ。そんなことを考えているうちに、車が私道に入ってきてなめらかにとまった。

ジェニーは息を吸いこみ、デイジーをしっかりと抱き締めた。

ついにこの瞬間がきて、彼女はパニックに陥りつつあった。

私はいったいなぜこんなところへ来てしまったのだろう？　なぜアレックス・ウエスタリングと直接会うのがいいことだなんて思ったのだろう？

ジェニーは逃げ出したくなったが、足がひどく震えて動けなかった。だが、実際逃げ場はなかった。彼が唯一の出口をふさいでいるのだから。

彼はジェニーの不安をあおるようにゆっくりと車を降り、サングラスをはずした。彼女は生まれて初めて、アレックス・ウエスタリングの姿を目の当たりにした。

そして、そのまま呆然《ぼうぜん》と彼を見つめた。

もちろんジェニーは彼の写真を見たことがあった。彼はウエスタリング家の三つ子の一人で、彼と二人の妹の写真はあらゆるところで見かけた。だからジェニーは彼がどんな外見をしているか正確に知っているつもりだった。だが今、自分がそれらの写真と彼に対して抱いている軽蔑《けいべつ》を勝手に結びつけ、事実をゆがめていたのだと気づいた。

その事実とは、目の前に立っている男性はまさに女性の夢を体現しているということだった。

ハンサムという言葉ではとても彼を言い表せない。ハンサムな男性になら今までも会ったことはあるが、アレックス・ウエスタリングのように衝撃的な外見の男性に会ったのは初めてだ。彼はなにもかも完璧《かんぺき》だった。信じられないくらい広い肩幅、美しい青い瞳、すばらしい骨格。

彼は確かに途方もなく魅力的な容姿をしている。だが、同時に妹の人生をだいなしにした冷酷な男でもあるのだ。

そして、ジェニーはそのとき初めて、なぜ妹があんな衝動的な行動に出たのかを理解した。アレックス・ウエスタリングとほかの男性との違いは、彼の莫大《ばくだい》な財産や上流社会とのつながりではない。彼からにじみ出る力強いオーラ、荒々しいまでの男らしさだ。

彼は車をロックすると、上着を無造作に肩にかけてのんびりとこちらに向かって歩きだした。

青い瞳にはなんの興味の色も浮かんでいない。まるで、自分の家の戸口で赤ん坊を抱いた見知らぬ女性が待っているのに慣れているかのようだ。

ジェニーは膝が震えるのを感じた。彼のような男性になにを言えばいいのかまったくわからない。彼がふだんつき合っているのはモデルや女優であり、私のように地味で胸の小さい女など相手にもされないだろう。

百八十五センチを超える大きな体がジェニーの前でとまった。「君は道に迷ったんだね」腹立たしいほど関心のなさそうな口調で、彼はゆっくりと言った。「あの道をまっすぐ進むべきだったんだ。ここは行きどまりで、どこにも行けないよ」

これは私のためでなく、デイジーのためなのだ。ジェニーは自分にそう言い聞かせ、無理やり彼と目を合わせた。

「あなたの家には行けるでしょう、ドクター・ウエスタリング」幸い、思ったより落ち着いた声が出た。

二人の間に緊張が高まり、彼の視線が険しくなった。

「だったら君に言っておく。ここは僕の家で、世界で唯一、記者たちが押しかけてくるのを許さない場所だ」

膝の震えがさらに激しくなり、ジェニーは勇気がしぼんでいくのを感じた。

彼はこちらが怯《ひる》んでしまうほど冷静で、何事にも決して動じないタイプらしい。もし私が記者だったら、さっさと遠くへ逃げ出していただろう。

だが、私は記者ではない。そのとき、まるでここにいる理由をジェニーに思い出させるかのように、赤ん坊が手を上げて彼女の頬を軽くたたいた。

デイジー。

私はこの子のためにここに来て、この男性に立ち向かっているのだ。

ジェニーはデイジーの無邪気な動作に励まされて顎を上げ、彼と視線を合わせた。「私は記者ではありません」

彼はジェニーに傲慢《ごうまん》な視線を向け、警告した。

「僕は三十六時間ほとんど眠っておらず、あまり機嫌がよくない。君の望みはなにか言ってくれ。そうすれば二人ともこれからの一日をむだにせずにすむ。君の赤ん坊も疲れているようだ」

「私の赤ちゃんではありません、ドクター・ウエスタリング」どうして真夏に体が震えたりするのかといぶかりながら、ジェニーはかすれた声で言った。

「これはあなたの赤ちゃんです。あなたはこの子の父親なんです」

2

果てしなく長い沈黙が流れた。

アレックスは目の前の小柄な黒っぽい髪の女性を見つめながら、病院でなんとかもう少し眠っておけばよかったと思った。ふだんは鋭い頭脳も今は動きをとめてしまっているようだ。

女性が咳《せき》払いをしたので顔に注意を向けると、喉元が脈打っていた。神経質になっている証拠だ。

実際、彼女は怯《おび》えているように見える。

アレックスはそれでわずかに気分がよくなった。

もし彼女が神経質になっているとすれば、なにか理由があるはずだ。きっと嘘《うそ》をついているからに違いない。そもそも彼女は僕のタイプではない。彼女は黒っぽい髪だが、そういう女性とつき合ったことは一度もない。相手はいつもブロンドの女性だ。それに、僕のデートの相手はみんな自信満々で恋をもてあそぶタイプなのに、彼女はこの場から逃げ出したい衝動を必死に抑えているように見える。

「たぶんこの問題は家の中に入って話したほうがいいと思います」彼女は提案したが、アレックスは首を横に振った。

「なにを話すことがあるんだい？」

彼女はアレックスをにらみつけ、赤ん坊を抱く手に力をこめた。「あなたのような男性が口にするだろうと思っていたとおりの言葉だわ」

「僕のような男性？」彼は片方の眉をつりあげた。「じゃあ、当然君は僕と親密な関係にあるんだろうね？」

彼女は顔を真っ赤にして唇を噛《か》んだ。「その、いいえ、でも……」

「僕たちは親密な関係ではないんだね？」アレックスは嘲《あざけ》るように言った。「それなのに、君は僕たちがベッドをともにしたと主張しているわけだ」

彼女は震える手で顔にかかった髪を払った。「私たちはベッドをともにしてなどいません。言っておきますが、あなたは私が決してベッドをともにしないタイプの男性です」

「僕も君のような女性とベッドをともにしようとは思わない」アレックスはいらだたしげに言い返した。「ということは、僕が君の子供の父親だという主張にはなんの根拠もないということだ」

「あなたが私の子供の父親だなんて言ってません」女性は口ごもりながら続けた。「デイジーは私の妹の子供です。あなたは私の妹とベッドをともにして、そのあと始末を彼女に押しつけたんです」

彼女の妹？

再び長い沈黙が流れた。聞こえるのは海辺に打ち寄せる波の音と、ときおり甲高い声で鳴く鴎《かもめ》の声だけだった。

アレックスは慎重に感情を押し隠し、彼女の方を見た。「それで、妹さんは今どこにいるんだい？」

「妹は亡くなりました」

一瞬、彼女の黒っぽい瞳に苦悩の色がよぎったのが見えた。そのとき、赤ん坊がまるで悪いことが起きたのを悟ったかのように激しく泣きだした。

これは確かに容易に片づく問題ではなさそうだ。アレックスはしぶしぶ認め、コテージに向かって頭を振った。「中に入ったほうがいいだろう」

今後は禁欲生活を送るぞ。彼は歯噛みしてそう誓い、玄関のドアを開けて家の中に入った。そのあと、いらだちをあらわにして女性を見てから、泣いている赤ん坊に視線を移した。

「その騒音をなんとかしてくれないか？　それはおむつを替えたりなにかする必要があるのかい？」

女性は非難のこもった目でアレックスをにらみつけた。「赤ちゃんは〝それ〟ではありません。この子は女の子で、名前はデイジーといいます。あなたの娘です」

　アレックスはうんざりしてネクタイをゆるめた。「さあ、その子をこっちに渡してくれ」彼は答えを待たずに腕を伸ばして子供を受け取り、自分の肩にもたせかけてやさしく背中をたたいた。そして、女性には目もくれずに大きな窓に近づき、海を眺めた。ふだんはその景色を見ると気持ちが落ち着くのだが、今は耳元で赤ん坊に泣きわめかれているので頭がずきずきした。

「おなかがすいているのかもしれません」女性がためらいがちに言うと、アレックスは怒ったように彼女を見た。

「だったらさっさと食べさせてやってくれ。なにか持ってきているんだろう？」

彼女はうなずいた。「車に戻って、荷物を取ってきます」

荷物を取ってくる？　なんの荷物だ？

　女性が小道を戻って赤い小型車に向かうのを、アレックスはじっと見ていた。なぜ帰ってきたときにあの車に気づかなかったのだろう？　アレックスは一瞬目を閉じ、襲ってくる眠気を抑えこんだ。彼女の車が目に入らなかったのも無理はない。僕はあまりにも疲れていたから、象の群れにでくわしたとしても気づかずにそのまま通り過ぎてしまっただろう。

　そのとき、彼はふと騒々しい泣き声がやみ、赤ん坊が彼の顔をじっと見つめているのに気づいた。

　アレックスも赤ん坊を見つめ返し、自分と似た部分がないかさがしてみた。

　赤ん坊が青い瞳をしているのは事実だが、青い瞳の子供はいくらでもいる。それに、髪はまだあまり生えていないから判断材料にはならない。

ふいに赤ん坊の唇が広がって愛くるしい笑顔が浮かんだ。彼は無意識のうちにほほえみ返していた。

「君は僕の心を奪えると思っているんだね、青い瞳のお嬢さん？」アレックスはつぶやき、指で赤ん坊の頬にやさしく触れた。「たぶん君に警告しておくべきだろうな。僕はもうずっと昔に女性の笑顔にはだまされないと決めたんだ」

そのとき足音が聞こえ、アレックスが振り向くと、大きなバッグをいくつもかかえたさっきの女性が戸口に立っていた。

彼女は一つのバッグの中からクーラーや小さな容器を取り出した。「キッチンはどこですか？」

アレックスは眉をつりあげた。「家を見学したいのかい？」

彼女は唇を噛んだ。「いいえ。でも、もし真っ白いソファに人参《にんじん》のピューレのしみをつけたくないなら、キッチンで食べさせたほうがいいと思います」

「まずはこの子に食事をさせ、それから話し合おう。荷物は玄関に置いておくといい。そうすれば車に戻すときに運ぶ手間が省ける」

「私は車には戻りません。でも、デイジーの前でこの問題についてあなたと議論するつもりはありません」彼女は言い、アレックスのあとからキッチンへ向かった。「赤ちゃんはその場の雰囲気を敏感に感じ取りますから」

「頭のいい赤ん坊だ」アレックスは最新の設備の整ったキッチンに入っていき、手を振った。「勝手に使ってくれ。なにが必要だい？」

「お湯と、食べ物を温めるので電子レンジの使い方を教えてもらえますか？」

アレックスは手を伸ばした。「離乳食の瓶をかしてくれ。僕が温めよう」

「瓶じゃありません。デイジーの食べ物は全部私が作っているんです」彼女がプラスチックの容器を渡すと、アレックスは柔らかい中身をボウルにあけ、電子レンジに入れた。

それから棚の扉を開け、彼女の驚いた顔を無視して幼児用椅子《ハイチェア》を取り出した。

「姪《めい》や甥《おい》がいるんだ」アレックスは無愛想に言った。

「そのお子さんたちはいくつなんですか？」

「君の知ったことじゃない。僕は家族のことを決して他人に話さない主義なんだ。そして君は……」彼は冷ややかに続けた。「赤の他人だ」

女性はかすかに顔を染め、赤ん坊を膝にのせた。彼女が自分と決して目を合わせないのに気づき、それもうしろめたさを感じている証拠だとアレックスは思った。

この女性は嘘をついているに違いない。

アレックスは顎をこわばらせて電子レンジからボウルを取り出し、テーブルに置いた。だが、彼女はデイジーから目をそらさずにミルクを与えている。

「先に少しミルクをやらないと、おなかがすきすぎていて食べ物に集中できないんです」

「いちいち説明しなくていいよ」

「あなたには詳しい説明が必要ですわ、ドクター・ウエスタリング。私はあなたの子供に対し、これ以上もう一人では責任を負えません」

彼女はいまだにアレックスと目を合わせず、哺《ほ》乳《にゅう》瓶を吸っている子供にほほえみかけている。

その笑顔が彼女の印象をがらりと変え、気がつくとアレックスは視線を引きつけられていた。まるで妖精《ようせい》のように繊細な顔立ちだ。黒っぽい瞳は長く真っ黒いまつげに縁取られ、それが彼女の頬をさらに青白く見せている。黒に近い髪はポニーテールにまとめられ、化粧はまったくしていないようだ。

アレックスは興味をそそられた。

彼の知り合いの女性はみんな化粧をしている。自然に見える化粧を好む女性でも、少なくとも三十分は鏡の前を離れない。

だが、この女性は違うようだ。

八月のこんな暑いさなかに、彼女はブラウスのボタンを首元まできっちり留め、踝《くるぶし》まであるスカートをはいている。無邪気でとても若く見える彼女はなぜか〝赤ずきんちゃん〟を思い出させ、アレックスは自分が悪役の狼《おおかみ》になったような気がした。

だが、実際の彼女は無邪気とはほど遠い。アレックスはひそかにつぶやき、小声で悪態をついた。

僕には大きな瞳と繊細な顔立ちにだまされないだけの分別がある。きっと彼女は赤ん坊が僕の子供でないと承知のうえで、際限なく金を引き出せる金づるとして僕を見ているのだろう。

ついに赤ん坊が食事を終え、眠そうな顔をした。

女性はちらりと腕時計を見た。「六時だわ。いつもならこの子はお風呂に入って寝る時間です。子供用のベッドはありますか？」

「ああ。だが、警告しておく。赤ん坊は一時的にそれを使うだけだ。僕たちが必要なことを話し合う間だけね。話がすんだら、君たちは家に帰る」

「この子にはもう母親がいないんです」彼女はハイチェアから赤ん坊を抱きあげ、震える声で言った。「おまけに父親まで与えないなんて不公平ですわ。これからどうするべきか私たちが結論を出すまで、彼女はあなたの家で暮らします」

アレックスは目を閉じ、小声で全世界の女性を呪《のろ》った。それから大股でキッチンを出て、寝室に通じる階段を上がりはじめた。赤ん坊をかかえた女性も必死にアレックスについてきた。

彼女が勢いよく一つのドアを開けると、彼女はうれしそうに声をあげた。

「完璧《かんぺき》な子供部屋だわ！」

アレックスは彼女に冷ややかな視線を向けた。

「ここには一時間ほどいるだけだ」

「いいえ、違います」彼女は赤ん坊を床に下ろし、持ってきたバッグに手を伸ばした。「おむつを替えないと。終わったら階下《した》に行きます」

人に指図されることに、とくに自分の家で人に指図されることになどまったく慣れていないアレックスは、言葉を失ったまま階下に戻り、グラスにたっぷりとウイスキーをついだ。

アレックスとの対決を先延ばしにしつつ、ジェニーは最後にもう一度眠っている赤ん坊を見た。

自分が彼をひどく恐れていることを、ジェニーは認めざるをえなかった。物理的な力強さだけでなく、彼にはなにかがある。それはたぶんウエスタリング家に代々伝わってきた自信のようなものだろう。

デイジーが自分の子供だと知らされたら、アレックスはショックを受けるだろうとジェニーは思っていた。だが、彼はまぶた一つ動かさなかった。いったいどうすればあの冷静さを揺さぶることができるのだろう？　彼の痛烈な言葉を思い出し、ジェニーはかすかに身震いした。

階段を下りきったところで、ジェニーは足をとめた。アレックスはフレンチドアを開けて外のデッキに立ち、砂丘の向こうの海をじっと見つめている。

ジェニーは大きく息を吸いこんでから、きつく手を握り締めて彼に近づいていった。

彼女の足音が聞こえたらしく、アレックスはすぐに振り返った。グラスを手に持ち、真っ青な瞳に不機嫌そうな色を浮かべている。

彼はネクタイを取り、シャツのボタンをいくつかはずしていた。乱れた髪に無精髭《ひげ》を生やした彼はとても危険な雰囲気を漂わせていて、まったく医者らしくなかった。

「赤ん坊は眠ったのかい？」

ジェニーはうなずいた。「ええ。もし目が覚めたら声が聞こえるように、ドアを開けておきました」

「結構だ。それじゃあ、話し合おう。さっさとね」

ジェニーは数回深呼吸した。アレックスが一筋縄ではいかない人物だとわかっていたのに、私はなにを期待していたのだろう？　彼が両手を広げてデイジーを受け入れるとでも？　そんなはずはない！

アレックスがため息をつき、片手で顔をこすった。なんとか眠るまいと必死に努力しているようだ。ジェニーはふいに〝三十六時間ほとんど眠っていない〟という彼の言葉を思い出し、唇を引き結んだ。評判どおりパーティで遊びまわっていたらしい。

アレックスがあくびを噛み殺して言った。「まずは妹さんの名前を教えてもらったほうがいいな」

「妹の名前はクロエです」その名前を口にするとき、ジェニーは息がつまりそうになった。「クロエ・フィリップスです」

アレックスは一瞬のためらいもなく言った。「そんな名前の女性には会ったことがないな」

彼に即座にはねつけられ、ジェニーは涙が出そうになった。噂《うわさ》どおりだ。彼はわずかな愛情も抱かずに次から次へと女性とつき合っているのだろう。

「あなたのような噂のある男性が、特定の晩のことを思い出せると期待していたわけではありません。数えきれないほど多くの女性とつき合ってきたのに、そんなことは不可能ですものね」

アレックスは頭をのけぞらせて笑った。「君は僕のことを本当にどうしようもない男だと思っているんだね？」

ジェニーは驚きを押し隠した。アレックスが怒るか、あるいは当惑するだろうと思っていた。だが、彼はおもしろがっているようだった。

アレックスはジェニーをじっと見て尋ねた。「妹さんはどうして亡くなったんだい？」

その口調は驚くほどやさしく、ジェニーはごくりと唾《つば》をのみこんだ。「妹は出産後、肺栓塞《せんそく》になってしまったんです。あまりにも……突然のことでした」声がつまり、ジェニーはそれ以上先を続けられなかった。するとアレックスが彼女の肩に手を置き、海辺に向かって置かれた椅子の方へ彼女を促した。

「座ってくれ。なにか飲み物を持ってこよう」

ジェニーは自分自身に腹を立てながら、懸命に涙をこらえていた。アレックス・ウエスタリングの前では絶対に泣きたくなかった。彼はジェニーにとって最も同情されたくない相手だった。

やがてアレックスがジェニーの手にグラスを押しつけた。彼女は燃えるような液体を一口喉に流しこみ、少しむせた。

「ごめんなさい。大丈夫です」ジェニーはもう一口飲んで顎を上げた。「ただ、妹のことがまだ信じられなくて……デイジーを産んだときは二十歳でした。そして、その数日後に亡くなりました」

アレックスはジェニーの隣に椅子を引き寄せた。

「妹さんのことは気の毒だと思うし、彼女が君に途方もない問題を残したのはわかる。だが――」

「デイジーは問題ではありません」ジェニーは必死に言った。「本当にすばらしい赤ちゃんで、あの子がいなかったら私はどうなっていたか――」

「わかったから、落ち着いてくれ」アレックスは手を伸ばし、ジェニーの震える手からグラスを取りあげてため息をついた。「悪かったよ。こんなことを言うべきではなかった。だが、僕は今睡眠不足で正しい言葉を口にするのがむずかしいんだ」

謝罪の言葉に驚き、ジェニーはアレックスを見た。彼は簡単に謝ったりする人ではないと思っていた。

「社交のための時間をもう少し減らしたら、そんなに疲れないかもしれませんわ」そう言った瞬間、ジェニーは後悔して頬を赤らめた。「ごめんなさい。ひどく無作法な発言でした」

アレックスは笑った。「君は意気揚々と僕の家に乗りこんできて、激しく僕を非難した……なぜ今さら無作法を詫《わ》びたりするのかわからないな」

「激しく非難してなんかいません」ジェニーは口ごもった。「それに、私たちが問題をかかえているからといって、私が作法を忘れていい口実にはなりませんわ」

アレックスは皮肉な笑みを浮かべた。「僕たちはすでに少しばかり作法を忘れてしまっていると思うよ。さて、今度は僕の話を聞いてくれ」彼は笑みを消し去り、きっぱりとした口調で言った。「僕は君の妹さんのことを覚えてはいないが、自分が大人の女性としかベッドをともにしないのはわかっている。そして、君の妹さんは大人の女性ではなかったようだ。彼女が君になんと言ったか知らないが、僕が彼女の赤ん坊の父親のはずはない」

「妹はあなたと一夜を過ごしたんです」

「証拠があるのかい？」

ジェニーはうなずき、バッグに手を伸ばした。手がかすかに震えていた。「あなたと同じパーティに出席していて、妹は……」彼女は少しためらってから咳払いをして続けた。「妹は酔っていました。あなたはそんな彼女を家に連れていったんです」

ジェニーは封筒を取り出し、アレックスに渡した。

彼は黙ってその中身を見て、かすかに眉をひそめた。「この写真は……」

「雑誌に載ったものです。そこにはあなたが妹と踊っているのがはっきりと写っています。だからあなたは彼女を知っていたはずです」

アレックスは残りの写真にもすばやく目を通した。

「確かに僕は彼女と踊ったかもしれないが、彼女と一夜を過ごしてはいない」

「妹は過ごしたと言いました」

アレックスはあくびをした。「だったら彼女が嘘をついたんだ」そして、封筒をテーブルにほうり出して首を横に振った。「話はそれだけかい？」

ジェニーは唇を噛み締めた。「そのパーティのあと、妹はひどく動揺して私のところへ来ました。そこではなにも話そうとせず、私が事実を知ったのはもっとあとのことでしたが、この写真を見ればなにがあったかは一目瞭然《りょうぜん》ですわ」

アレックスは目を細めた。「僕たちは踊った。だが、それだけでは関係を持ったとは言えない。僕はたくさんの女性と踊るからね」

「それに、たくさんの女性とベッドをともにするんでしょう」なにも考えずにそう言ってしまってから、ジェニーははっとして息をのんだ。

アレックスは笑った。「君は僕のライフスタイルについて詳しく研究したようだね。なぜそんなに僕に興味があるんだい？」

ジェニーの鼓動が速くなった。「あなたに興味などありません。あなたの軽率なライフスタイルが私の家族に影響を及ぼさない限りは。これは簡単に片づけられる問題ではありません。自分の責任からうまく逃れられるとは思わないでください」

アレックスの瞳がふいに冷たい色になった。「僕は自分の責任から逃れるつもりなどないが、君の妹さんとはベッドをともにしていない。それは簡単なDNA検査で証明できる」

ジェニーはぞっとしたように彼を見た。「デイジーに針を刺すなんて絶対にいやです！」

「もし君が僕を彼女の父親だと言い張るなら、そうしなくてはならない」

「いいえ、あなたが父親だということはわかっています。証拠など必要ありません」

「すまないが、僕には必要なんだ」アレックスはなめらかな動作で立ちあがった。「それに、僕はできるだけ早くこの問題を解決するつもりでいる」

「どうやって？」

「もし君が血液検査に同意しないなら、僕は明日の朝一番に弁護士に連絡する」アレックスはまたあくびを噛み殺した。「僕が君の妹さんと一夜を過ごしたという疑いがまったくないことを弁護士が証明したら、君が求めているらしい経済的支援は別の男に頼んだほうがいい」

ジェニーは絶望に駆られてアレックスを見た。

「私は経済的支援を求めているんじゃありません」彼女は静かに言った。「私はあなたのお金には興味はありません。ただ手助けが必要なんです。それに、デイジーに父親を教えてあげたいんです。彼女は自分の〝パパ〟を知る必要があります」

アレックスは一瞬、目を閉じた。「僕はあの子の〝パパ〟なんかじゃない。君の名前は？」

ジェニーは彼をじっと見た。「なんですって？」

「君の名前を尋ねたんだ。もし僕たちが議論することになるなら、お互いに相手をどう呼べばいいか知っておいたほうが便利だろう」

「ジェニーです」彼女は少しかすれた声で言った。「ジェニー・フィリップス」

アレックスがかすかにほほえむと、ジェニーは自分でも認めたくないほど激しく心を揺さぶられた。

「では、ジェニー・フィリップス、今夜はどこでも君が泊まるつもりでいたところへデイジーを連れていってくれ。弁護士から調査の結果を受け取ったら、すぐに連絡するよ」

ジェニーは動かなかった。「私はここに泊まるつもりです」

二人の間に不吉な沈黙が流れた。「もう一度言ってくれないか？」

ジェニーはごくりと唾をのみこんだ。「デイジーと私はあなたのところにいます。それが理にかなっているんです。あなたはあの子を知ることができるし、私は彼女の世話を手伝ってもらえますから」

「僕のところにいるだって？」アレックスの瞳が危険な光を放った。「僕のよからぬ評判に関する君の率直な意見を考えると、そんな危険を冒す覚悟があるとは驚きだな、ミス・フィリップス。君が無事ではすまない可能性はおおいにあるんじゃないか？」

ジェニーは彼の皮肉になんとか反応するまいとした。「黒っぽい髪の女性があなたの好みでないことはわかっています」動揺しているわりには、しっかりした声が出た。「それに、私はあなたをまったく魅力的だと思っていません」

もちろんそれは嘘だった。彼を魅力的だと思わない女性などいないだろう。

だが、ジェニーはどんなにハンサムでもモラルのない男性には興味がなかった。

短い沈黙が流れてから、アレックスが頭をのけぞらせて笑った。「ああ、これは一本取られたな。わかったよ。それだけ勇気があるならここにいるといい。正直言って、僕はひどく疲れていて君と議論できる状態じゃないんだ。だが、デイジーが僕の子供でないと証明されたら君はどうするつもりだい？」

ジェニーは顎を上げた。「そんなことにはなりません、ドクター・ウエスタリング」

「まさにそういうことになるんだよ、ミス・フィリップス」彼女の堅苦しい口調をまね、アレックスは言い返した。「だが、もし君があえて危険を冒して僕と暮らしたいというなら、それは君の勝手だ。僕はもうベッドに入るよ。君たちがどこで眠ろうと僕はかまわない。僕の眠りを妨げない限りはね」

アレックスはウイスキーを飲みほし、グラスを勢いよくテーブルに置いて家の中に入っていった。

3

焼きたてのロールパンと濃いコーヒーの香りで、アレックスは目を覚ました。

そして、昨夜の出来事を思い出してうめき声をもらし、腕で目をおおって現実を消し去ろうとした。

階下のキッチンでは今、いくつもの厄介事が僕を待ち受けている。

我が子でないのは明らかな赤ん坊と、その子を溺《でき》愛《あい》する伯母。そして、その伯母は僕のことを、罪のない女性を誘惑する悪い男だと思いこんでいる。

アレックスはちらりと時計を見た。もうすぐ七時だ。一時間後には出勤していなくてはならない。

彼は無理やりベッドを出ると、必要な電話をする前にシャワーを浴びた。

そして、階下に下りていくころにはだいぶましな気分になっていた。弁護士が安心させてくれたので、彼はこの事態がすぐに解決すると確信していた。

だがアレックスは、いつもなら整然としているキッチンに家庭的な光景が広がっているとは予想もしていなかった。

この家に住んで五年になるが、ここに女性を招いたことは一度もない。ここは彼の領域なのだ。

だが、今はもうそうではなかった。

調理台の上には狐《きつね》色に焼けたロールパンが並び、テーブルの真ん中には湯気の立ったコーヒーポットが置かれている。

幼児用椅子《ハイチェア》に座った赤ん坊がうれしそうにロールパンをかじり、ジェニーはその子に話しかけながらシリアルを口に運んでやっていた。アレックスを見ると彼女はふいに言葉を切り、顔を赤らめた。

「あら……おはようございます。朝食を作ったんです。あなたが気になさらないといいんですが」

これほど驚いていなければ、アレックスは笑いだしていただろう。彼女は僕の家に無理やり泊まりこんだというのに、今度はキッチンを勝手に使ったことを気にしていないかどうか尋ねているのだ。

「君は不法占拠の経験が豊富というわけでもないようだね」

「私は不法占拠なんかしていません。でも、客でもないのは承知しています。あなたに大目に見てもらってここにいるのはわかっているつもりです」

「君がここにいるのは、ゆうべ僕が疲れきっていて、君を追い出せなかったからだ」アレックスはロールパンを見つめ、なぜ僕は突然朝食を食べたくなったのだろうと思いながら言った。ふだんは朝食を食べることなどないのに。「それは今朝作ったのかい？」

ジェニーはうなずいた。「よかったらどうぞ」

「僕は朝食は食べないんだ」焼きたてのパンの香りに鼻腔《びこう》をくすぐられ、アレックスは歯をくいしばった。

「朝食は一日で一番大切な食事です」ジェニーは言い、穏やかに彼を見た。「食べたほうがいいわ」

「僕の食習慣に関して君の忠告が欲しいときはそう言うよ」アレックスはおいしそうな香りを無視し、当面の問題に意識を集中した。「弁護士と話をしたんだ。彼は、あの晩君の妹さんが過ごした相手を必ず突きとめてくれると言っていた」

ジェニーは再びスプーンをデイジーの唇に持っていった。「妹はあなたと一緒に過ごしたんです」

「それは君の意見だ」アレックスはコーヒーを一口飲み、思わず声をもらしそうになった。おいしい。自分の家にこんなおいしいコーヒーがあったなんて今まで知らなかった。

「ドクター・ウエスタリング……」ジェニーはスプ

ーンをボウルに置き、アレックスをまっすぐ見た。

「あなたが私の妹とベッドをともにしたのはわかっているんですから、否定してもむだです。あなたのモラルには大きな問題があると、だれかに言われたことはありませんか？」

「僕は三十四歳で、モラルについて他人にとやかく言われたくはない」なぜジェニーの言葉にこんなにいらだつのだろうと思いつつ、アレックスは言い返した。ふだんは人になにを言われようとまったく気にならないのに。「君の妹さんとはどんな関係も持っていないと僕は確信しているが、なにしろ十五カ月も前の話なんだ！」

「十五カ月前にだれとベッドをともにしていたか、あなたはわからないんですね？」

ジェニーの静かな口調には非難がこもっていて、アレックスはひどく居心地の悪い気分になった。ある意味では、彼女の言うとおりだ。十五カ月前、だれとつき合っていたのかはっきりしないのだから。だが、自分の女性関係が長続きしないことを彼女に思い出させてもらう必要はなかった。

「僕は仕事に行かなくてはならない」アレックスはコーヒーを飲みほし、テーブルにマグカップを置いた。「君は今日、ここにいていいよ」

ジェニーは落ち着き払ったようすでこちらを見た。それは彼女が悪名高いアレックスのふるまいについて辛辣《しんらつ》な意見を述べる前兆だということに、彼は気づきはじめていた。

「もしあなたが私たちのことを隠したいと思っているなら、きっとひどく失望することになるでしょう、ドクター・ウエスタリング」ジェニーはデイジーのよだれ掛けをはずして口元をふいてやり、ハイチェアから抱きあげた。「私たちも一緒に行きます。私は今日から仕事を始めるんです。あなたと同じ病院の同じ職場で。デイジーは託児所に預けます」

アレックスはジェニーをじっと見つめた。「いったいなんの話をしてるんだい？」

「私は看護婦なんです」片腕にデイジーを抱いたまま、ジェニーはきびきびとあと片づけを始めた。「資格を得てから二年間、救急医療室で働いていましたが、クロエが亡くなって仕事を辞めざるをえませんでした。でも、今は働く必要があります」

アレックスは、自分の家にジェニーが住みつづけるつもりでいるばかりでなく、一緒に働くつもりでいるという事態を必死に理解しようとしていた。

「どうやって僕の職場を調べたんだい？」

「簡単でしたわ。あなたの生活については細かいことまですべてゴシップ欄に載っていますから」ジェニーはふきんを手に持ち、あっという間にキッチンをしみ一つなくきれいにしてしまった。「私たちが家族として暮らすのはいいことだと思ったので、できれば同じ病院で働きたいと考えたんです」

家族として暮らすのはいいことだと思った？

アレックスは口を開き、また閉じた。

ついに声が出るようになると、彼は言った。「いいかい、妹さんのことは気の毒に思うが、僕たちはいくつかのことをはっきりさせる必要がある。僕たちは〝家族〟ではないし、これからそうなることもない。君がここにいられるのは、僕がその子の父親ではないと弁護士が証明するまでの間だけだ。事実がはっきりしたら、君には出ていってもらう」

ジェニーはアレックスの脅しをなんとも思っていないようだった。「あなたがデイジーの父親だと、もし弁護士が証明したら？」

アレックスは体をこわばらせた。「そのときはきちんと対処するよ」彼はぶっきらぼうに言った。「だが、今のところ君は僕にとって単なる同居人にすぎない。それも、まったく歓迎されていない同居人だ」

「スタッフが増えるのは本当にありがたいわ」ジェニーを連れて病院の中を案内してまわりながら、ティナが言った。「昨日もとても忙しくて、顧問医の一人はデスクでちょっとうたた寝しただけで、三十六時間も働きづめだったのよ」

〝僕は三十六時間ほとんど眠っていないんだ〟

ジェニーは目を見開いた。「それはドクター・アレックス・ウエスタリングのこと？」

「彼を知っているの？」

ジェニーは急いで首を横に振った。「その、いいえ、そういうわけでもないけど……」

「わかってるわ」ティナはそっけなく言った。「新聞や雑誌で読んだんでしょう。警告しておいたほうがいいと思うんだけど、記事をうのみにしてはだめよ。どんな私生活を送っていようと、彼はすばらしいドクターなんだから」

ジェニーは驚きを押し隠した。彼が？ ドクターとしての彼を想像することすらむずかしい。とはいえ、今や事実が明らかになった。昨夜彼の瞳に浮かんでいた疲労の色は、働きすぎのせいだったのだ。

そう気づくとジェニーはひどく落ち着かない気分になった。

一晩中眠らなかったとアレックスが言ったとき、ジェニーはてっきり、彼が評判どおりパーティで遊びまわっていたのだと思いこんでしまった。

ティナはまだ話しつづけていた。「どんなにスタッフが足りないときでも、彼は必ず仕事が円滑に進むように気を配ってくれるの」

ジェニーはうなずき、話題を変えようとした。

「それで、私はこれからどこへ行けばいいのかしら？」

「私と一緒に救急医療室のメインエリアで仕事をしてもらうわ」ティナがそう言いおえるかおえないう

ちに、電話が鳴った。「救急隊からの直通電話よ。きっと忙しくなるわ」彼女は急いで電話に出た。

ジェニーはティナの受け答えに耳を傾け、どんな患者が運ばれてくるのか手がかりをつかもうとした。

ティナは電話を切って言った。「ダイビング関係の急患を扱った経験はある？」

ジェニーはすまなそうに首を振った。「ロンドンで働いていたので、そういう経験はないわ」

「だとしたら、あなたはラッキーよ」ティナは受話器を取りあげ、ダイヤルをまわしながらつぶやいた。「アレックス？　ダイバーが運ばれてきます。減圧症のようです。わかりました……じゃあ、あとで」

ティナは受話器を置き、ジェニーを連れて緊急処置室へ急いだ。「海のそばだから、ここにはときどきダイバーの急患が運ばれてくるの。ひどく容体が悪い場合は専門の医療機関に移すんだけど、それはアレックスが決めるのよ」

ジェニーはかすかに体をこわばらせた。「ほかに対処できるドクターはいないの？」

「ほかのドクターも診察するけど、これはアレックスの得意分野なの。彼は自分でもダイビングをするし、専門の医療機関にいたこともあるから」

ティナが言いおえたとき、ドアが勢いよく開いて救急隊員が入ってきた。アレックスもすぐに現れた。

「どうしたんだい？」

救急隊員は患者をストレッチャーに移した。「彼はピート・ウォリック。今日の午後、ビーチで脚の麻《ま》痺《ひ》を訴えて倒れ、友人が救急車を呼びました」

アレックスはうなずき、患者に注意を向けた。

「気分はどうだい、ピート？」

男性はかすかにうめいた。「最悪です。全身が痛みます。とくに肩と肘が」

アレックスはジェニーの方を見た。その目は彼女を単なる救急医療室のスタッフの一人としてしか見ていないようだった。「酸素吸入をして、管を注入しよう。血液を採取したい」

ジェニーは患者の鼻と口にマスクをかぶせ、注意深く酸素の流出量を調整した。

まだ患者を診察しながら、アレックスは言った。

「僕が腕を動かすと、痛みが増すかい？」

男性はあえぎ、うなずいた。

「腫《は》れがあるし、発疹《ほっしん》が出ているな」アレックスは男性の肌に触れた。「もぐったのはいつだい？」

「昨日です」

「何度ももぐったのかい？」

ピートはうなずいた。「ええ。よくないのはわかっていましたが、海中はすばらしかったし、自分では大丈夫だと思ったんです」

アレックスは水中での下降や上昇のスピード、海の中の状況、ダイビングのあとどれくらいたってから症状が出たかなどと尋ねた。

ジェニーにとってはどれもなじみのないことばかりだった。水が冷たかったかとか、潮の流れがどうだったかということがなぜ重要なのだろう？　ジェニーは詳しいことが知りたくてたまらなかったが、患者の前で質問するのは気が引けたし、ここに来たばかりなので同僚たちに気安く質問するのもむずかしかった。

「血液を採取したら、生理食塩水の点滴をしよう」診察を続けながら、アレックスが指示した。「ピート、君は潜水の回数が多すぎたし、浮上する速度が速すぎた。いわゆる1型減圧症だよ」

ジェニーは熱心に耳を傾け、あとでそれについてアレックスに尋ねてみようと決心した。

そのとき彼が目を上げ、ジェニーをまっすぐ見た。

「〈ダイビング・メディカル・センター〉に電話をかけてくれ。彼を移送する必要がありそうだ」

ジェニーが電話をかけると、ダイビング患者専門のドクターが出てきた。

　アレックスが近づいてきて、ジェニーから受話器を受け取った。「クリス？　君のところに患者を移送したいんだ」彼は患者の状態や潜水時のようすについて簡潔に伝えた。そして、受話器を置くと患者のところに戻ってきた。「君を〈ダイビング・メディカル・センター〉に移送するよ。ティナ、彼にアスピリンを与えて救急車の手配をしてくれ」

　痛みの度合いを考えると、アレックスがピートにアスピリンを与えたことにジェニーは驚いた。

「重い減圧症は毛細血管の血球凝集を引き起こすんだ」ジェニーの考えを読み取ったらしく、アレックスはちらりと彼女の方を見て言った。「そうすると無痛覚が起きる危険がある。強い痛覚欠如は高圧反応を隠してしまうから注意が必要なんだ」

　ジェニーは彼の説明に感謝しつつうなずいた。

　やがて救急隊員が男性を迎えに来た。

　アレックスはこれから患者につき添う上級研修医にすばやく引き継ぎをすると、患者を救急車に乗せるためにほかのスタッフと一緒に出ていった。

　ジェニーはティナとともに緊急処置室の備品の補充を始めた。

「私は今まで減圧症の人を看護した経験がないんだけど、ダイビングしたのが昨日だとしたら、どうして今日になって症状が出てきたの？」

　ティナは眉をひそめた。「アレックスにきいてみて。彼はなんでも知っているから」

　そのとき、ちょうどアレックスが部屋に戻ってきた。「僕がなにを知っているんだい？」

「ダイバーに症状が現れるまでになぜそんな長い時間がかかるのかと、ジェニーにきかれたんです」

　ジェニーはかすかに顔を赤らめた。自分に注意を向けられるのがいやだったし、まだアレックスを優秀なドクターとして完全に認められるまでになっていなかった。

「症状はダイビング後、数分から四十八時間くらいの間に現れる」アレックスは説明した。「減圧症というのは、気泡が体のいろいろな部分にまわった結果だからね」

「だから彼は関節が痛むと言っていたのね？」

アレックスはうなずいた。「彼は長時間海底にいすぎたし、水面に向かって早く上昇しすぎた。だが、〈ダイビング・メディカル・センター〉で治療を受ければ大丈夫だろう」

ティナはほほえんだ。「あわただしくて新しい看護婦を紹介するチャンスがなかったけど、こちらはジェニー。ジェニー・フィリップスです」

アレックスはちらりとジェニーを一瞥《いちべつ》した。その青い瞳はひどく冷たかった。「もう会ったよ」彼はそっけなく言って踵《きびす》を返し、部屋を出ていった。

ティナは驚いたように彼のうしろ姿を見て言った。

「いったいどうしちゃったのかしら？」

打ち明けるつもりはなかったが、ジェニーはなぜアレックス・ウエスタリングが不機嫌なのかよくわかっていた。

私のせいだ。

ジェニーは勤務の第一日目を予想以上に楽しく過ごすことができた。あまりにも忙しくて、アレックスとの問題をくよくよ考えている暇などなかったからだ。

だが、アレックスのすぐそばで仕事をするのはひどく落ち着かない気分だった。ジェニーは彼を軽率で浅薄な男性だと信じていたが、ドクターとしての彼がとても有能で、みんなに尊敬されているのは明らかだった。

アレックスの本当の姿を知ったら、彼らはどんな反応を示すだろう？　託児所からデイジーを引き取ってアレックスの家に向かう途中、ジェニーは考えをめぐらせた。彼らは優秀で自信に満ちたドクターであるアレックスだけしか知らない。彼が妊娠した若い女性を見捨てるような道徳心のない男だということを知らないのだ。

ジェニーは口元をこわばらせ、コテージの外に車をとめてチャイルドシートから赤ん坊を抱きあげた。ある意味で、彼が弁護士に連絡してくれてよかったと彼女は思った。彼がデイジーの父親だという具体的な証拠を、きっと弁護士が示してくれるだろう。

アレックスは家の中に入ると磨きあげられた床に鞄《かばん》を置き、近くの椅子に上着をほうり投げた。

暑くて疲れていたし、救急医療室のスタッフの増員を求めて病院の幹部と不毛な議論をしたあとなので、いらだっていた。

夏の盛りを迎えてこのあたりは観光客であふれ、スタッフはみんな骨の髄まで疲れきっている。

名目上では、アレックスは一カ月ぶりに週末の休みをとれることになっていたが、もしスタッフの手に負えない事態が生じたら呼び出される可能性は十分あった。

アレックスは痛む肩を動かしながら、大きな窓から外を眺めた。ふだんは家に帰れば緊張はほぐれるのだが、今はもうそうではない。

自分の家が、突然緊張の源になってしまった。

入ってくるときにジェニーの車の横を通ったので、彼女がここにいるのはわかっている。

僕の子供ではない赤ん坊と一緒に。

弁護士がさっさと問題を片づけてくれるだろうという期待は、病院を出る前に彼と交わした短いやりとりで消えていた。アレックスが要求する証拠を揃《そろ》えるためには、ある程度の時間と私立探偵の助けが必要らしい。

ということは、当分あの二人からは離れられないということだ。無理やり追い出さない限り。

ふいにアレックスの頭に心をかき乱す光景が浮かんだ。彼を見あげて笑っている赤ん坊と、クロエのことを話したときに涙ぐんでいたジェニー。

アレックスは歯をくいしばった。自分が二人を追い出せないのはわかっていた。

小さく悪態をつきながら、今の僕に必要なのは体を動かすことだと彼は思った。

海が誘うようにきらめいている。これから泳ごう。そろそろ夕方だが、まだ十分暖かいし、冷たい水が頭をはっきりさせてくれるだろう。

階段を一段飛ばしで上がっていった彼は、バスルームから笑い声がするのに気づいて足をとめた。

アレックスはジェニーが家に入れるように鍵《かぎ》を渡していた。さもなければ、彼女は病院の同僚たちの前で対決してくるに違いないとわかっていたからだ。

再び笑い声が聞こえた。彼はバスルームのドアを開け、その場に立ち尽くした。

赤ん坊が水をはねかせながらうれしそうに笑い、ジェニーはすっかりずぶ濡《ぬ》れになっていた。アレックスの視線は、彼女の体に張りついたTシャツの下の小さな胸のふくらみに引きつけられた。

「痛っ」デイジーにポニーテールを引っぱられ、ジェニーはひるんだ。「ほら、自分のしたことを見てごらんなさい、おてんばなお嬢さん」

黒っぽい髪がほどけて肩のあたりで揺れていたが、ジェニーはそれを無視して赤ん坊をバスタブから抱きあげ、用意してあったタオルの上にのせた。

「気持ちよかった、ダーリン？」彼女は赤ん坊の体をふき、おむつに手を伸ばしたところでアレックスに気づいた。彼女は笑みを消し去り、油断なく彼の方を見ながらTシャツを整えた。「おかえりなさい。入っていらしたのに気づきませんでした」

「そのようだね」

髪を下ろしてブラジャーもつけていないジェニーは、朝食のときに顔を合わせた非難がましい女性や、一日中一緒に働いていた看護婦とはまったく違う女性に見えた。

彼女はまるで……。

ちくしょう！　いったい僕はどうしたんだ？　彼女は明らかに僕の人生に厄介事を持ちこんできたのに、僕はこうして戸口に立ち尽くし、気づくべきではないさまざまな事柄に気づいている。

一刻も早く冷たい水に飛びこまなくては。

「泳ぎに行ってくるよ」アレックスがそっけなく言うと、ジェニーは驚いた顔をした。

「まあ。でも、帰っていらしたばかりなのに」

アレックスは歯噛《はが》みした。だから僕は今まで女性と暮らさなかったんだ。彼女たちはなんでもかんでも説明を求めてくる。

「それからすぐに出かける」

「わかりました」ジェニーは目にかかった髪を払った。「私はただ、デイジーが寝てしまう前にあなたがしばらくこの子と過ごしたいんじゃないかと思っただけです」

「いいかい……」アレックスは荒々しい口調で言った。「僕は家族のまね事などしない。今まで一人で暮らしてきたし、僕はそういう生活が好きなんだ。だれの期待にも応《こた》えないし、我が子でもない子供を抱き締めたいとも思わない」

ジェニーはアレックスをじっと見つめた。「でも、デイジーはあなたの子です、ドクター・ウエスタリング。あなたはガールフレンドの名前を覚えていないかもしれませんが、私の妹は違います。彼女には……それほどたくさんのボーイフレンドはいませんでした。妹があなたをこの子の父親だと言ったら、私にはそれで十分なんです」

「僕には十分ではない。ここはイギリスで、人は有罪が証明されるまでは無罪だ。それに、頼むからドクター・ウエスタリングと呼ぶのはやめてくれ。もし君が僕の家に住んで僕の人生に干渉するつもりなら、ファーストネームで呼んでくれてもいいだろう」アレックスはいらだたしげに言い、泳ぐのに必要なものを取りに自分の寝室に向かった。

ジェニーはデイジーに服を着せ、床に座らせた。

「あなたのパパは子供みたいね。すべてが自分を中心にまわっていると考えていて、ほかの人のことなどまったく目に入らないようだわ。彼はとても裕福な家に生まれたから、たぶん何人もの養育係《ナニー》に育てられて、本物の家族がどんなものか知らないんでしょう。だから私たちが教えてあげないと」彼女はバッグに荷物を詰め、デイジーを抱きあげた。「まずは、あのウイスキーのボトルを隠して朝食を食べさせることから始めましょう。海辺で夕食をとるのはどうかしら？　彼が泳ぐのを見られるわ」

ジェニーはデイジーを抱いてキッチンに行き、哺《ほ》乳《にゅう》瓶の用意をした。それからドアに鍵をかけ、海辺へ向かった。

目を細めて遠くを眺め、ジェニーはアレックスを見つけようとした。波の間をなめらかに泳いでいく人影が見える。きっとあれが彼に違いない。

「ここに座って待ちましょう」ジェニーはデイジーに向かって言い、戸棚で見つけた敷物を広げて腰を下ろした。リラックスしたいと思うのに体はこわばり、鼓動が激しくなっていた。

ここにいる私を見てアレックスがいらだつだろうというのは、だれにでもわかる。

だが、ほかにどうすればいいだろう？

もし彼がデイジーを無視しつづけるつもりなら、二人をなんとか結びつけるのが私の義務だ。

「あなたには父親を知る権利があるわ」デイジーを膝にのせてミルクを飲ませながら、ジェニーは海で泳いでいる男性に視線を向けた。

　ついに彼が海から出てきたとき、ジェニーは避けられない対決を前にして緊張し、身構えた。

　しかし、彼が近づいてくると対決という考えは頭からすっかり消えてしまった。

　アレックスはジェニーが見たこともないほど小さな水着を身につけていた。それは彼の完璧《かんぺき》な体を強調しているようで、ジェニーは急いで視線をそらし、海や砂浜などに目を向けた。

　だが、遅すぎた。

　一目で十分だった。ジェニーの目はカメラのような正確さでアレックスの姿を頭に記録してしまった。

「僕をつけまわしているのかい？」アレックスは砂浜に置いていたタオルを手に取った。

「いいえ」ジェニーは必死に彼の方を見ないようにして答えた。「でも、あなたがデイジーを避けるのをほうってはおけないわ。あなたの気に入ろうと入るまいと、この子はあなたの人生の一部なんですもの」

「いや、違う」アレックスはタオルで顔と髪をふいてから、それを広い肩にかけた。「じきに弁護士がそれを証明してくれるだろう」

　ジェニーの視線は意志とは裏腹にアレックスの筋肉の輪郭を追い、体の曲線をたどった。今までジェニーが会ってきた多くのドクターたちとは違い、彼はまるで運動選手のような体型をしている。

　ふいに自分の考えていることにぞっとして、ジェニーは急いで目をそらした。

　彼がどんな体をしているかなんて、なぜ私は気にしているのだろう？

　外見なんかより、もっと重要な問題があるはずだ。

　ジェニーは細い肩をがくりと落とした。

もしかしたら、私の考えは最初から間違っていたのかもしれない。

デイジーに父親を知らせたいと思ったのはいいが、もしその父親が知るだけの価値もない人物だとしたらどうだろう？　決して自分の責任に向き合おうとしない人物だとしたら？

ジェニーが口を開きかけたとき、海辺の向こうの方から甲高い叫び声が聞こえた。

一人の女性が大声で泣いている小さな女の子をかかえ、二人に向かって走ってくる。「助けて！」

アレックスはタオルをほうってその女性の方へ駆け出した。ジェニーも敷物を持ちあげてデイジーを抱き、急いで彼を追いかけた。

「どうしたんです？」

「この子が海月《くらげ》を踏んでしまって……まだ足に刺さっているんです」母親はヒステリックにすすり泣きはじめた。アレックスがちらりとジェニーを見たが、彼の言いたいことは明らかだった。

母親が何千倍も状況を悪くしているのだ。

ジェニーはすぐに女性の腕を取った。「落ち着いて。このあたりの海月は比較的無害ですから」彼女は敷物を広げ、そこにデイジーを座らせた。「お嬢さんをこちらに寝かせてください。ドクター・ウエスタリングによく見えるように」

女性は素直に子供をつかんでいた手をゆるめた。

「あなたはドクターなんですか？」彼女は砂漠の中のオアシスを見るようにアレックスを見た。「ああ、よかったわ。私はとても心配で……ここは都会からずいぶん離れた場所ですし」

おおげさな女性だと思いつつ、ジェニーはちらりとアレックスの方を見た。だが、彼は皮肉の一つも言わずにかがみこんで子供の足を調べている。

「腫れているから、これから痛むでしょう」彼は眉をひそめてあたりを見まわした。「海水が必要だな」

「向こうにバケツがあるんですが」母親が手を振った。「この子をおいていきたくありません」

アレックスは彼女を安心させるようにほほえんだ。「僕たちがいるから大丈夫だし、娘さんには海水が必要です。持ってきてもらえませんか？」

女性はアレックスのハンサムな顔をじっと見つめ、恥ずかしそうに言った。「バケツを取ってきますわ」

ジェニーは目をくるりと動かしたい衝動を抑え、海辺の向こうに駆けていく女性を見守った。アレックスはすぐに泣いている少女に注意を戻した。

「君の名前は？」

少女はあえぐように答えた。「エイミーよ。あなたは本当にドクターなの？」

アレックスはにやりとした。「本当にドクターだよ、エイミー。そう見えないかい？」

少女は泣きやんだ。「あなたは服を着てないわ。私をいつも診てくれるドクターはネクタイをしているのに」

アレックスは笑った。「僕も仕事のときは服を着るが、今は仕事中じゃないんだ。だから君と同じように水着を着ている。水着にネクタイを締めたらおかしいだろう？」

エイミーはくすくす笑ったが、ジェニーは顔が熱くなるのを感じた。

アレックスは今の自分が裸も同然の格好をしていることにはまったく気づいていないらしい。

「それじゃ、エイミー……」アレックスは再び少女に向かってほほえんだ。「お母さんが戻ってきたらすぐに、君の足をすすぐよ」そして、彼はジェニーに視線を向けた。「ビネガーが必要だな」

「家から持ってくるわ」ジェニーは即座に言ったが、そのあとためらいがちにデイジーの方を見た。

「僕が見ているよ。だが、そのことに勝手な意味を持たせないでくれ」

ジェニーは家に駆け戻り、キッチンの戸棚を次々と開けていってやっとビネガーを見つけた。

それから階段を駆けあがってアレックスの寝室のドアを開け、ベッドの上にあったシャツをつかんだ。

ジェニーが戻ると、アレックスは子供の足を海水につけていた。母親は称賛の色の浮かんだ瞳で彼をじっと見つめている。

ジェニーは歯噛みしながらシャツをアレックスに突き出した。「これを着たほうがいいと思って」

「ありがとう」アレックスはシャツを受け取ったが、青い瞳に意味ありげな光がきらめいていたので、ジェニーはかすかに顔を赤らめた。

裸に近い姿の彼を見ると私が落ち着かない気分になることに、彼が気づいていなければいいけれど。彼女はそう思った。

アレックスは少女の足にこれ以上海月の触手が刺さっていないことを確認し、ビネガーに手を伸ばした。「家にパラセタモールはありますか?」

「私たちは休暇中なんです」母親は答え、彼に意味ありげな視線を向けた。「〈クリフサイドホテル〉に泊まっています」

アレックスはあからさまなその誘いを冷たく無視した。「ホテルの近くの薬局で買えるでしょう。この時期は遅くまで店を開けていますから」彼はそう言って、少女を抱きあげた。「よくなったかい?」

少女はうなずいた。「まだ少し痛いけど」

「じきによくなるよ」アレックスはにっこり笑い、少女を母親の腕に戻した。「心配なら病院に連れていってください。だが、なにも問題はないと思います」

母親は最後にもう一度彼に切望のこもったまなざしを向けてから、バケツを持って残りの荷物が置いてある場所へ戻っていった。

「夕方のひと泳ぎにちょっとした刺激が加わった

な」アレックスはあくびを噛み殺しながら言い、タオルに手を伸ばした。

「あなたが彼女の誘いにのらなかったのは驚きだわ」ジェニーがつぶやくと、彼は冷たくほほえんだ。

「のるかもしれないよ」アレックスはもの憂げに言ったが、ジェニーは自分がからかわれているのがわかっていた。

そのとき、敷物に座っていたジェニーはふいに自分の目の高さにアレックスのたくましい太腿があることに気づき、顔を赤らめて立ちあがった。

ああ、私はいったいどうしてしまったのだろう？

「あなたはあまりロマンチックじゃないのね」

アレックスは穏やかにほほえんだ。「必要とあらば、とてもロマンチックになれる」

「つまり、ベッドをともにしようと女性を説得したいときね。あなたのお決まりの口説き文句に女性たちがだまされるなんて信じられないわ」

アレックスは瞳をぎらつかせ、ジェニーに近づいた。「それは挑戦かい、ミス・フィリップス？」

彼女はあわててあとずさりし、つまずきそうになった。「いいえ、もちろん違うわ。あなたがつき合っている女性たちと違って、私はあなたがどんな人かよく知っているもの」

「君はずっとそう言っているが」アレックスはなめらかな口調で反論した。「僕のことを抵抗できないほど魅力的だと君が認めているのは明らかだ」

ジェニーは呆然《ぼうぜん》と彼を見た。「大変な自尊心ね。参考までに言っておくけど、私はなんの苦労もなくあなたに抵抗できるわよ」

アレックスは腹立たしいほどリラックスしたようすで、瞳にいたずらっぽい光を躍らせた。「じゃあ、なぜ君は僕にシャツを持ってきたんだい？　さあ、認めるんだ。君は僕の体を見て落ち着かない気分だったんだろう」

鼓動が速くなるのを意識しつつ、ジェニーはアレックスをじっと見つめた。「あなたって本当に傲慢《ごうまん》で、憎らしくて……」

「ジェニー、君はシャツを持ってきた」彼は穏やかに言った。「それは僕に体を隠してほしかったからだ」

怒りと、さらに得体の知れない別の感情のせいで頬がほてるのを感じながら、ジェニーはデイジーを抱きあげて敷物をたたみはじめた。

「さあ、それを持とう」アレックスは彼女から敷物を受け取り、のんびりと砂浜を横切っていった。

ジェニーはアレックスになにか投げつけたい衝動を抑え、彼の背中をにらみつけてから家に戻った。アレックスは家の中に荷物を置くと自分のために飲み物を作り、振り返りもせずに二階の寝室に消えた。

ジェニーはいらだたしげに眉をひそめ、自分も二階に上がってデイジーを寝かせる準備をした。

「あなたのパパは悪夢のような人ね」デイジーをベッドに入れ、彼女はつぶやいた。「どうやって彼を説得し、あなたに注意を向けさせたらいいかわからないわ」ジェニーがやさしく背中を撫《な》でてやると、デイジーは目を閉じた。この子と一緒にいるだけで心が安らぐ。アレックスのからかいにあんなにむきになって反論しなければよかったと思いながら、ジェニーはため息をついた。

デイジーが眠ってしまうとジェニーは階下に下りたが、しだいに緊張がこみあげてきた。アレックスの姿はない。きっと部屋で着替えているのだろう。

ジェニーはキッチンに向かい、さっき買ってきた食事の材料を取り出した。

どんなに疲れていても、怒っていても、アレックスだって食事をしなくてはならないのだ。

それに、もし一緒に食事をしたら、彼となんらかの関係を築けるかもしれない。彼がデイジーの生活の一部になるためには、それが絶対に必要だ。

ジェニーは戸棚にあった大きな中華鍋《なべ》に油を熱し、大蒜《にんにく》と生姜《しょうが》を入れて葱《ねぎ》を加えた。うまくいけば、この香りで彼は階下に下りてくる気になるだろう。

彼が戸口に現れたころには、鶏肉《とり》と野菜も加わり、フライパンはおいしそうな音をたてていた。

「いったい君はなにをしているんだ？」

アレックスの静かな口調に、ジェニーは息をのんだ。だが、表面上は冷静さを保ったまま、ヌードルの水気を切って中華鍋に加えることに注意を集中して言った。「夕食を作っているのよ」

「ずいぶん家庭的だな」アレックスは小ばかにしたように言った。「僕たちのちょっとした合意に料理のケータリングが含まれているなんて知らなかったよ。ほかにはどんなサービスがあるんだい？」

ジェニーは彼のほのめかしを無視し、深呼吸をしてから言った。「あなたは朝食を食べていないし、私の知る限り昼食時間もずっと働いていたわ。それに、夕食のこともなにも考えていないようだったから、私が用意してもいいと思ったのよ」

「僕が夕食のことをなにも考えていないと、どうしてわかったんだい？」

「冷蔵庫の中身を見たからよ」ジェニーは彼の方にちらりと目を向けた。「ビールしかなかったわ」

アレックスは嘲《あざけ》るように片方の眉を上げた。「それがどうしたっていうんだ？」

ジェニーは軽い口調を保った。「冷蔵庫の中身で、その人のことがいろいろわかるものよ」

「それで」アレックスは戸口にもたれ、青い瞳をぎらつかせた。「僕の冷蔵庫を見て、君はなにがわかったんだい？」

「あなたが自分を大切にしていないということよ」

手際よく鍋の中身をかきまぜながら、ジェニーはそっけなく言った。「あなたはお酒を飲みすぎだし、まともな食事をとっていないということ」

不吉な沈黙が流れた。

「ほかには？」

皮肉たっぷりのアレックスの口調を無視し、ジェニーは鍋の中身を二つの皿に移した。

あなたには女性に関して悪い評判があることよ。だが、その話題は今は持ち出さないでおこう。ジェニーは自分にそう言い聞かせた。すでに二人の間の空気は十分張りつめている。もし彼にデイジーの父親になってほしいなら、私は彼となんらかの関係を築かなくてはならない。もし私が彼のモラルに不満を持っていることを絶えず思い出させていたら、そんな関係を築くのは不可能だろう。

ジェニーは穏やかにほほえみ、アレックスに皿を渡した。「中華料理が好きだといいんだけど」

二人の目が合い、そのあと彼の視線がゆっくりと皿の方へ下りていった。

一瞬、ジェニーはアレックスが食べるのを拒否するかと思った。だが、彼は目を細め、唇の両端を上げた。「それじゃあ、君は僕と一緒に夕食を食べたいわけだ……和気あいあいと」

ジェニーは息がつまった。「とくにあなたと夕食を食べたいわけではないわ、ドクター・ウエスタリング」彼女は必死に声が震えないように努めた。

「でも、私たちはどうせ二人とも食事をしなくてはならないんだから、二人分料理を作ってもいいと思ったの」

「外で食べよう」アレックスはそう言うと、踵を返して大股で居間を通り抜けた。

ジェニーはゆっくりと彼のあとに続いたが、実際に食べられるかどうか自信がなかった。胃がむかつき、食べ物が喉につかえてしまいそうな気がした。

ジェニーがドアのそばに腰を下ろすと、アレックスは彼女が手元に置いたインターコムにちらりと目をやった。

「それはなんのために持ってきたんだい？」

「デイジーが呼んだら聞こえるようによ」ジェニーはフォークを手に取ってブロッコリーを突き刺し、礼儀正しい会話を交わそうとした。「ここはとても美しいところね。あなたは毎日夕方泳ぐの？」

「ああ」アレックスの答えはそっけなかったので、ジェニーは会話をあきらめ、黙って食事に集中することにした。

数分間、沈黙の中で食事を続けたあと、ジェニーはもう一度会話を試みた。

「ここはすてきなところね」

「僕はプライバシーを守るためにここを選んだんだ」アレックスの意図はきわめて明確で、ジェニーはため息をついた。いったいどうしたらこの男性となんらかの関係を築けるのだろう？

「このソースはなんだい？」

突然話しかけられたことに驚き、ジェニーは飛びあがった。「なんですって？」

「このソースが気に入った」アレックスはもう一口食べ、満足げにうなずいた。「おいしいよ」

ジェニーは驚きを押し隠した。「あの……私が作ったの。いろいろなものを混ぜているわ」

「そうか、とてもおいしいよ」アレックスはグラスを手に椅子に寄りかかった。「君はとても家庭的なんだね。朝食には手作りのパン、ベビーフードも自分で作るし、夕食も……」

彼がまた自分をからかっていると感じ、ジェニーは顔を赤らめた。「私は料理が大好きなの」

「まるで妻みたいだな」

アレックスの辛辣な言葉に、彼女はたじろいだ。

「私は妻のようにふるまおうとしているわけじゃないわ、ドクター・ウエスタリング。でも、二人とも食事をしなくてはならないのだから、私が料理するのが理にかなっていると思ったの。信じてもらえないかもしれないけど、私はあなたに対してまったく下心なんかないわ」

　アレックスは料理を平らげ、椅子にもたれた。

「それは確かに信じられないな。これまでたくさんの女性たちが僕を説得して結婚させようと、さまざまな策略を使ってきた。だが、赤ん坊まで出してきたのは君が初めてだ。君の動機を僕が疑ったとしても不思議ではない」

　ジェニーは驚いて彼を見た。「私があなたに結婚してもらいたがっていると思ってるの？」

　アレックスは無頓着《むとんちゃく》に肩をすくめた。

アレックス・ウエスタリングと結婚するですって？　それは自分に一生続く拷問を宣告するようなものだ。彼のそばにいたら決して心が安らぐことはないだろう。彼はあまりにも……男らしすぎるから。

「私がここに来たのは、あなたにデイジーのことを知ってほしかったからよ」ジェニーは彼の傲慢さにぞっとしながら言った。「それに、夕食を作ったのは、二人とも食事をしなくてはならないからだわ。あなたと暮らすなんてまっぴらだし、もしお金をもらっても、私はあなたとは結婚しないわ。率直に言って、なぜあなたと結婚したくてたまらない女性がおおぜいいるのか私にはわからない。きっと彼女たちは頭がおかしいのよ」

　アレックスはぱっとジェニーの方を見た。「君は本当に僕と結婚したくないのかい？」

「ええ、まったくね。あなたはひどく自分勝手な生き方をしているし、どうしようもなく傲慢だし、生まれたときからずっとなんでも自分の思いどおりにしてきたんでしょう。夫として、あなたは悪夢のような人だわ」

　短い沈黙が流れたあと、アレックスは頭をのけぞらせて心から楽しそうに笑った。

「ああ、ジェニー」彼はまだ笑いながら飲み物に手を伸ばした。「君は結局、僕のタイプかもしれないという気がしてきたよ。今までずっとどこに隠れていたんだい？」

ジェニーはますます動揺した。アレックスはいつも予想外の反応を示す。あなたと結婚したくないと言われたら、気を悪くすると思ったのに。

「私はあなたのような男性を避けてきたのよ」

アレックスが笑うと唇の両端にしわが寄った。ジェニーは気がつくとそれに目を奪われていた。

「僕が知りたいのは、もし僕の生き方にそんなに嫌悪感を抱いてるなら、なぜ僕にデイジーの父親になってほしいのかということさ。僕の与える悪い影響が心配じゃないのかい？」

「私自身はあなたにデイジーの父親になってもらいたいと思ってるわけじゃないわ」ジェニーは皿の横にフォークを置き、冷静に言った。「私ならあなたを選ばなかったけど、妹はあなたを選んだ。私たちはその事実を受け入れなくてはならないのよ」

アレックスは目を細めた。「君は本当に僕があの子の父親だと信じているんだね？」

「もちろんよ。でなければ、なぜ私がここにいるの？」ジェニーは彼の目をじっと見つめた。「なぜ妹が嘘《うそ》をつく必要があるの？」

「僕にもまったくわからない。だが、なんとかしてそれを突きとめるつもりだ」

アレックスはそう言うと立ちあがり、もう会話は終わりだと示すようにテーブルを離れた。

まるで虎《とら》のような男性だと思いつつ、ジェニーは居間に戻ってステレオを操作しているアレックスを見ていた。だれとも深い関係にならないように気を配り、孤独な人生を歩んできた男性。知り合って間もないが、彼は決してだれも近くに寄せつけない人物だというのは私にもわかる。

なにが彼をそんなふうにしたのだろう？

ジェニーの知る限り、彼の家族は安定していて、父親は国内でも指折りの金持ちだ。それに、彼自身も莫大《ばくだい》な財産を受け継いでいる。

実際、ソファにもたれて目を閉じ、ゆったりと音楽を聴いている彼には心配事などなに一つないように見える。

ジェニーはやり場のないいらだちを覚えながら、アレックスを見つめていた。

アレックスは明らかにデイジーが自分の子供だという事実を無視することに決めたらしい。

そんな彼をいったいどうやって説得し、私となんらかの関係を築かせたらいいのだろう？

4

アレックスは赤ん坊の泣き声で目を覚ました。

深い眠りを無理やりさえぎられた彼は、ベッドに起きあがって泣き声がやむのを待った。

だが、泣き声はやまなかった。

アレックスはぶつぶつ言いながらベッドを出て、裸足《はだし》のまま子供部屋へ向かった。

赤ん坊は子供用ベッドで泣いていた。アレックスは眉をひそめてちらりとうしろを振り返ったが、ジェニーがやってくる気配はなかった。

彼は小声で悪態をつき、部屋に入って赤ん坊を抱きあげた。すると、コットンの寝間着が湿っているのを感じた。

「泣くのも無理ないな。おむつを変える必要がある」

アレックスは再びもどかしげにドアの方を振り返ったが、廊下は静まり返ったままだった。

赤ん坊は泣きやみ、彼の首に鼻をすりつけている。だが、床に下ろしたとたんまた泣きだすのはわかっていた。

小声で文句を言いつつ、アレックスは部屋を見まわした。おむつを替えるのに必要なものはすべておむつ替え用のマットの隣にきちんと積んである。

彼は腹立たしげにもう一度ドアの方を見て、ジェニーを起こそうかと思った。だが、そのとき赤ん坊が彼を見あげてにっこりした。アレックス・ウエスタリングは、生まれて初めて完全に女性に心を奪われている自分に気づいた。

アレックスは赤ん坊の青い瞳をのぞきこみ、もしかしたらジェニーの手助けは必要ないかもしれないと思った。

「オーケー、お嬢さん。僕たちは二人でなんとかこの場を切り抜けなくてはならないようだ。だが、そのためには君に辛抱強くなってもらう必要がある。これは僕にとって初めての経験だからね」アレックスはマットの上にそっと赤ん坊を寝かせ、寝間着を脱がせた。「これはひどい。君が泣き叫んでいたのも無理ないよ」彼は濡《ぬ》れた寝間着を床に置いた。「すぐに戻る……動いてはいけないよ」

アレックスはタオルを取りにバスルームへ行った。彼が戻ってくると、赤ん坊はマットからころがり出て絨毯《じゅうたん》の上で楽しそうに足をばたばたさせていた。

アレックスは穏やかに笑った。「君は自分が賢いと思っているんだろう？　絨毯で濡れた体をふくなんて」彼は膝をついて赤ん坊をマットの上に戻し、タオルでやさしくふいた。赤ん坊は喉を鳴らし、小さな手で彼の顔をつかもうとした。「じっとしててくれ。僕はまったくの素人なんだ」

　それからアレックスはおむつを手に取って開き、自信なさそうに見つめた。

「これはどっちが上だろう？　君はどう思う？　テープは前かな？　それともうしろかな？」

　アレックスは両方試してから正しい向きを決め、デイジーのお尻の下にそれをすべりこませようとした。だが、赤ん坊は遊んでいるのだと思ったらしく、体をくねらせた。

「痛い！」三度目にテープが腕の毛に張りつくと、アレックスは声をあげた。「ああ、こんな姿を妹たちに見られなくて本当によかった。頼むからじっとしててくれ」

　彼はやっとの思いで赤ん坊におむつを当て、清潔な寝間着を着せた。

「さあ、これでいい」アレックスが抱きあげるとデイジーは彼に体をすり寄せ、すぐに目を閉じた。

「かわいそうに。母親を亡くし、父親がだれかわからないなんて」そっと赤ん坊の頭を撫《な》でながら、彼はつぶやいた。「僕が父親だとは思わないが、きちんと事実を突きとめるよ。心配しなくていい。少なくとも、君にはジェニー伯母さんがいる」

　アレックスはふと、なぜジェニーは起きてこなかったのだろうと不思議に思った。彼女は疲れきっているのかもしれない。きっとひどく大変な六カ月間を過ごしてきたのだろう。妹を失い、自分の子供ではない赤ん坊を背負いこまされたのだから。

　ベッドに寝かした赤ん坊を、アレックスは考えこむように見つめた。

　彼はずっと、子供を持つというのはこの世で一番の惨事だと思ってきた。だが、突然その確信が揺らいだ。

　デイジーは信じられないくらいかわいい。

　自分の考えていることにショックを受け、アレックスは悪態をついて髪をかきあげた。

いったい僕はどうしてしまったのだろう？

ジェニーは息を殺し、廊下に立っていた。

彼女はデイジーの最初の泣き声で目を覚ましていたが、ふとこれはアレックスを強制的にデイジーに近づける絶好の機会だと思った。彼もまさか赤ん坊の泣き声を無視することはできないだろうと。

案の定、彼は無視できなかった。

ジェニーが赤ん坊のもとに飛んでいきたい衝動を抑えて爪を噛《か》んでいると、アレックスの足音に続き、デイジーに話しかける彼の低い声が聞こえた。

彼がなにをしたのかはわからないが、デイジーが泣きやんだのだからとりあえず危機は切り抜けたらしい。

ジェニーは忍び足で自分の部屋に戻り、ベッドにもぐりこんだ。

うまくいけば、アレックスをデイジーに近づけることで二人の関係はよくなるだろう。だが、逆効果になってしまう可能性もある。アレックスは他人に支配されないことをなによりも重んじる、筋金入りの独身男性だ。デイジーと一緒に過ごさせる時間が長すぎたら、赤ん坊は面倒な存在だという彼の偏見をかえって強めてしまうかもしれない。

翌朝、ジェニーがデイジーに食事をさせていると、アレックスが断固とした足取りでキッチンに入ってきた。

「デイジーが出かけられるように支度をしてくれ。買い物に行こう」

ジェニーはデイジーの口に持っていきかけたスプーンをとめた。「なんですって？」

「買い物だ」アレックスは答え、期待するようにキッチンを見まわした。「あのおいしいコーヒーはあるかい?」

ジェニーはまばたきをしつつ、彼が自分のいれたコーヒーをおいしいと思っているという事実を心に刻みこんだ。「そっちにあるわ」いったいどうなっているのだろうといぶかりつつ、彼女は尋ねた。

「それで、なにを買いに行くの?」

「おもちゃさ」アレックスは自分でコーヒーをつぎ、テーブルの真ん中に置いてある焼きたてのロールパンをじっと見た。「これは余っているのかい?」

「ええ、ご自由にどうぞ」

ついにアレックスは朝食を食べる気になったらしい。そう思うとジェニーの中に満足感がこみあげた。

「なぜおもちゃを買いに行くの?」

「デイジーはおもちゃを持っていないからさ」

ジェニーは驚きをあらわにして彼を見た。「あなたはデイジーにおもちゃを買ってやりたいの?」

アレックスはジェニーの方を見ずにパンに手を伸ばし、バターと蜂蜜《はちみつ》を塗った。「どんな子供にもおもちゃが必要だ。僕はいいおもちゃ屋を知っている。甥《おい》や姪《めい》を連れていくことがあるからね」

彼が突然デイジーに興味を示したことに、ジェニーはとまどった。「でも、なぜ? あなたはデイジーを自分の子供だと思っていないんでしょう?」

「だからといって、僕がおもちゃを買ってやってはいけない理由はない。デイジーはつらい目にあってきたんだ」

つらい目にあってきた?

ジェニーは好奇心をそそられた。アレックスは少なくともデイジーの境遇に同情しているらしい。

「もしあなたがそうしたいなら」ジェニーがそう言うと彼はうなずき、ロールパンを食べはじめた。

「君は料理がうまいね」

ジェニーは顔を赤らめて答えた。「ありがとう」

アレックスはパンを食べおえ、コーヒーに手を伸ばした。「この六カ月間、君は大変な思いをしてきたに違いない。デイジーの父親がだれかはっきりするまで、僕は喜んで君に力を貸すつもりだ」

ジェニーはもう少しで父親はあなたよと指摘しそうになったが、やめておいた。せっかく彼がその気になっているのに怒らせる必要はない。

「父親が見つかるまで、君はここにいていい。その男の正体を突きとめたら僕の弁護士に問題を解決させ、デイジーのためにそれなりの経済的支援を得られるように策を講じさせるよ」

アレックスはきっとものすごく寛大にふるまっているつもりなのだろう。ジェニーはそう思い、ため息をついた。

「お金の問題だけじゃないのよ、アレックス。私はなによりデイジーに父親を与えてあげたいの。小さな女の子にとって父親の存在はとても重要だから」

「だが、その前に父親がどんな人物か見きわめたほうがいい」アレックスはふいに厳しい口調になって忠告した。「もし僕の父親のような男なら、デイジーは彼に会わないほうが幸せだろう」

アレックスの変化に驚き、ジェニーは尋ねた。

「なぜ？　あなたのお父様はどんな方だったの？」

「父のことを君と話し合うつもりはないよ。君を手助けすると言ったからって、僕はなにもかも君に打ち明ける気はない」

「あなたはお酒を飲んで、仕事をして、名前も思い出せないブロンド女性たちに夢中になっているほうがいいのよね」ジェニーは鋭く言い返してしまってから、唇を噛んだ。「ごめんなさい」

驚いたことに、アレックスは笑いだした。「そうだとすると、君はなにか困ることがあるのかい？」

鼓動が速くなるのを感じ、ジェニーは彼から目をそらそうとした。「私はただ、リラックスするにはもっといい方法があるんじゃないかと思っただけよ」彼女が口ごもりながら言うと、アレックスが輝くような笑みを浮かべた。それを見た瞬間、彼女はなぜ女性たちがいとも簡単にアレックスとベッドをともにするのかわかった気がした。

「もしそう思ってるなら、君は本当にすばらしいセックスの経験がないってことさ」

ジェニーは真っ赤になり、なにも言えなかった。私がろくに男性とつき合ったことがないと知ったら、彼はきっとひどくおもしろがるだろう。

ジェニーはデイジーに食事をさせることに集中し、アレックスが話題を変えてくれるよう願った。

だが、そうはいかなかった。

「僕は君のことがよくわからない。君は本当に見かけどおり無邪気なのかい？　僕がセックスの話をするたび、君の顔は消防車のような色になるね」

「私の性生活はあなたにはなんの関係もないわ、ドクター・ウエスタリング」

アレックスは瞳をきらめかせた。「君は僕の性生活に強い関心を持っているようじゃないか」

「私は妹とあなたの関係に関心があるだけよ」ああ、いったいどうしてこんな話になってしまったのだろう？　ジェニーはひそかにうめいた。

アレックスはほほえんだ。「わかったよ、赤ずきんちゃん。今はこれくらいにしておこう。だが、覚えておいてくれ。もし君が自分のプライバシーを守りたいなら、他人のプライバシーも同じように尊重しなくてはならない」

二度とアレックスに個人的なことは尋ねるまいと誓いつつ、ジェニーは急いで話題を変えた。「なぜ私を赤ずきんちゃんと呼ぶの？」

アレックスは身を乗り出した。「君はおばあさんの家を訪ね、疑いもせずにドアをノックして入ってきたからさ。焼きたてのロールパンをしっかり握り締めてね。そして、狼《おおかみ》には気づきもしない」

「私は……狼には気づいてたわ」スプーンを持つジェニーの指はかすかに震えていた。「でも、彼が決して私に興味を持たないのはわかっている。あるいは、私が彼に興味を持たないのは」

「そうなのかい？」

永遠のように長い間、二人はじっと見つめ合っていた。やがてデイジーがスプーンをテーブルに落とし、ジェニーははっと現実に戻った。

私はいったいなにをしているのだろう？

自分でも理解できない感情にとまどいつつ、ジェニーはデイジーの口をぬぐい、幼児用椅子《ハイチェア》から抱きあげた。

「買い物のことだけど……」

アレックスはすばやく立ちあがり、車のキーに手を伸ばした。「君たちの準備が整い次第、出発しよう。僕の車にチャイルドシートをつけるよ」

派手なスポーツカーにどうやってチャイルドシートを取りつけるつもりかと尋ねたいのをこらえ、ジェニーはデイジーの準備を整えた。

そして、赤ん坊を車に連れていく途中で自分に言い聞かせた。

大丈夫。さっきのアレックスの言葉に深い意味はない。

彼はただ私をからかっていただけだ。

だからなにも心配することはない。

三時間後、アレックスは満足げにほほえみ、店員にクレジットカードを渡した。

「ありがとうございます、ドクター・ウエスタリング」多額の勘定書を見ながら、店員は愛想よく言った。「ほかになにかございますか？」

アレックスは店員にいらだたしげな視線を向け、僕はすでに店の商品の半分ほどを買ったじゃないかと言いたいのをこらえた。そして、クレジットカードをポケットにしまい、今度はやさしげに贈り物の受け取り手を見た。

デイジーは着せ替え人形やぬいぐるみやがらがらや積み木などを買ってもらったことも知らず、ベビーカーでぐっすり眠っていた。

アレックスはおもちゃの入った袋をかき集めているうちに、ジェニーがおもちゃや床や天井ばかりを見ていることに気づいた。実際、彼以外ならなんでもいいようだった。

もちろんそれは僕のせいだと、彼は思った。

朝食の席でアレックスが二人の性生活という話題を持ち出して以来、ジェニーは彼と目を合わせるのを避けている。

アレックスはジェニーを当惑させるつもりはなかった。彼女くらいの年齢で、セックスに関する話題を恥ずかしがる女性などいない。だが、ジェニーは明らかに彼女たちとは違うらしい。

のんびりと車に戻りながら、アレックスはため息をついた。再びジェニーの緊張を解くにはどうすればいいだろう？　さっきの会話のせいで彼女は僕を女たらしだと信じこみ、自分の貞操を心配しているのだ。

だが、そんな心配をする必要はない。

彼女自身も言っていたとおり、彼女は僕のタイプではない。

僕はブロンドの女性が好きなのだ。

そう自分に言い聞かせつつ、アレックスはジェニーからデイジーを受け取った。だが、気がつくと彼はジェニーの濃いまつげやなめらかな頬に注意を奪われていた。

彼女の髪が何色だろうと関係ない。僕が彼女に興味を感じない理由は、彼女が僕のいつもつき合っている女性たちとは違うからだ。

ジェニーは気軽に男性とベッドをともにしたりは

しない。

アレックスは前方の道路に目を向け、ジェニーがシートベルトをつけるのを待ってアクセルを踏んだ。

こんな状況は本当にいらだたしい。弁護士がデイジーの本当の父親を見つけてくれるのが早ければ早いほど、全員にとって都合がいいはずだ。

月曜日がきて、ジェニーはほっとした。

アレックスのそばにいてリラックスすることが、彼女にとってはますますむずかしくなっていた。

アレックスにはできるだけ多くの時間をデイジーと一緒に過ごしてほしいと思ったが、そうなるとジェニー自身も彼と一緒に過ごすはめになった。彼のそばで過ごしたまる二日間、ジェニーはずっと落ち着かない気分だった。たとえ彼が自分に興味を持つはずがないとわかっていても、君は狼の住みかに足を踏み入れたのだという彼の言葉が忘れられなかった。

だが、少なくともアレックスはデイジーに関心を示しはじめた。

昨日、アレックスはみんなで海辺に行こうと言った。そして、赤ん坊を抱いて海に入り、デイジーが声をあげるまで小さな足を水につけていた。ジェニーは砂浜から静かに見守っていたが、デイジーが足をばたばたさせてアレックスに水をかけ、彼がやさしくほほえんだのを見て胸がいっぱいになった。

ジェニーが夕食を作ると、アレックスはもう皮肉を言ったりせず、素直に彼女の料理を褒めた。

実際、アレックスと食事をするのはとても楽しく、彼が妹を誘惑して捨てた男性だということを、ジェニーは無理やり思い出さなくてはならなかった。

ここに来る前はアレックス・ウエスタリングがどういう男性かよく知っているつもりだったが、今はあまり自信がなかった。

そこへ救急車が到着し、幸いにもジェニーはアレックスのことばかり考えてもいられなくなった。

「男の子が車の前に飛び出そうとしたんです」ストレッチャーを押してきた救急隊員が言った。「母親がどうにかつかまえましたが、男の子はころんで歩道に顔を打ちつけました。目のまわりがひどい痣《あざ》になっています」

ジェニーが目を上げると、赤ん坊を抱いた若い女性が幼児の手を引きながら駆けこんできた。ひどく動揺し、疲れきっているようだ。

「息子がこんなことをするなんて信じられません」彼女は荒くなった息づかいを抑えようと胸に手を当てた。「私が銀行で小切手を現金に換えていたら、あの子が笑ってドアの外に飛び出したんです。私がなんとか追いついて、車道に飛び出すのをとめたところにちょうどトラックが来て……」

彼女はきつく目を閉じた。ジェニーもその場面を想像して縮みあがった。

もし母親が子供に追いつかなかったら……。

ジェニーは女性の腕を取り、急いで言った。「息子さんはきっと大丈夫ですよ。詳しいお話を聞いてから、ドクターに診てもらいましょう」

女性は必死に涙をこらえていた。「もう手に負えません。息子はとんでもないいたずらっ子で、いつも面倒を起こすんです。私は赤ちゃんの世話で一晩中眠れないのに……」母親はストレッチャーに近づき、あいているほうの手で男の子を抱き締めた。目から涙がこぼれ落ちている。「ママのそばを離れてはいけないと、何度あなたに言ったかしら？」

少年は顔をくしゃくしゃにして泣きはじめた。

「もう大丈夫よ」ジェニーは穏やかに言い、子供にほほえみかけた。「なにをしていたの、いたずらっ子さん？　あなたはママを震えあがらせたのよ」

彼女は救急隊員から聞いた情報をカードに記入し

てから、子供のようすを確認した。

「息子さんは具合が悪かったわけではないんですね、ミセス・ニュートン？　熱もありませんか？」

「ヘレンと呼んでください。ええ、具合は悪くありませんでした。駆け出してつまずいただけです」

「気を失わなかったのは確かですね？」

「ええ。すぐ泣きだしたから、意識はありました」

「わかりました。では、ドクターに診てもらいましょう」ジェニーはメモをとりながら言った。そして、顔を上げたとき、ヘレンが目を閉じてゆっくりと呼吸しているのに気づいた。「大丈夫ですか？」

ヘレンは力なくほほえんだ。「そうでもありません。でも、五歳以下の子供が三人もいて、私くらいの睡眠時間ならだれでもこうなるでしょう。ただ疲れていて、調子が悪いだけです。ジャックを追いかけたあと、ひどく息が切れて。走ったのはほんの数メートルだったんですが」

ジェニーはにっこりした。「あなたがそんなに具合が悪いはずありませんわ。三人の子供を一日中追いかけまわしているのなら」

「ええ、そうなんです」ヘレンは処置室の戸棚の扉を開けようとしている女の子の方へ急いだ。「だめよ、ベラ！　座ってなさい」彼女はため息をつき、すまなそうにジェニーを見た。「すみません。この子たちに目を光らせているのはとても大変で。胸が痛いのも無理ないわ」

「胸が痛い？」ジェニーは眉をひそめたが、それ以上質問する前にアレックスが入ってきた。

ジェニーはすばやく目をそらしつつ、彼を強く意識している自分にショックを覚えた。

この数日間で、私になにが起きたのだろう？

私は完全に分別を失ってしまったのだろうか？

アレックスに関してはいろいろな噂《うわさ》を聞いているのに、それでも彼を見ると心臓の鼓動は速くなり、息が苦しくなってしまう。

アレックスが自分にそんな強い影響を与えていると思うと恐怖がこみあげ、ジェニーは思わず彼の方を見た。するとアレックスが彼女に向かって眉をつりあげた。

「ここでドクターが必要だとティナから聞いたが」

「ええ」ジェニーはかすれた声で言い、ストレッチャーを手ぶりで示した。「この子はジャック。ころんで歩道の縁石に頭を打ちつけたの」

アレックスは少年にほほえみかけた。「やあ、ジャック。一度見たら忘れられない痣ができてるな。君の頭にちょっと触ってみてもいいかい？」

ジェニーは心ならずも感心してアレックスを見ていた。認めたくはないが、彼は優秀なドクターだし、子供の扱いがとてもうまい。

アレックスは検眼鏡に手を伸ばし、ジャックにやさしく話しかけながら彼の目のまわりを調べた。

「異常はないようです」彼は眼窩《がんか》のまわりに指をすべらせてから、ヘレンの方に向き直った。「痣は徐々に消えるでしょう。頭を強く打ったのは明らかなので、二十四時間はよく注意していてください。吐き気や頭痛など、なにか心配なことがあったらまたここへ連れてくるか、かかりつけのドクターに連絡するように。ジェニーから注意事項を書いた紙をもらってください」

そして、アレックスは部屋を出ていった。ジェニーは頭部損傷の場合の注意事項の書かれた用紙に手を伸ばし、ヘレンがまた戸棚に近づいた女の子を引き離しに行くのを見ていた。

ヘレンはショートパンツをはいており、ジェニーは彼女の右脚が腫《は》れているのに気づいた。

「ヘレン……」ジェニーは少しためらってから言った。「あなたの脚は少し腫れているようだけど？」

ヘレンは女の子を戸棚から引き離し、疲れきった顔で答えた。「ええ。でも、ずっと暑かったですし、一日中立ちっぱなしでしたから」

ジェニーは唇を噛み締めた。確かに暑さのせいかもしれない、でも……。

「ジャックを追いかけたときに胸の痛みを感じたと言っていたけど、以前にもそういうことがあったんですか？」

「ここ数日です」ヘレンは片手に赤ん坊を抱いたまま、女の子を連れて戻ってきた。「咳《せき》が出るので、それと関係があるのかと思っていました」

「どんな咳ですか？」ジェニーの頭の中で警報ベルが鳴りだした。

「ただの咳です。たばこを吸うので、たぶんそれと関係があるんでしょう」

「たばこはどのくらい吸うんですか？」

「一日三十本くらいかしら。でも、夫には内緒にしているんです」ヘレンは弱々しく笑った。

「私はあなたのことが心配なだけですわ。ちょっと脚を見せてもらってもいいかしら？」

ヘレンは驚いた顔をした。「私の脚を？　でも、怪我《けが》をしたのはジャックなのに」

「わかってます。でも、あなたの症状がちょっと気になるので」ジェニーは椅子を引き寄せた。「さあ、ここに座ってください」

ヘレンが椅子に座って幼児を膝にのせると、ジェニーは彼女の脚を調べた。

「ここを押すと痛みますか？」

ヘレンは縮みあがった。「ええ」

「あなたはピルをのんでいますか、ヘレン？」

彼女はうなずいた。「ええ。なぜです？　それが脚の腫れや咳となにか関係があるんですか？」

「なにもないかもしれません。でも、とにかくドクターに診てもらいましょう。もう一つききたいんですが、咳をして血が出たことはありますか？」

「少し」ヘレンも心配になってきたようだった。

ジェニーは立ちあがり、ドアの方へ向かった。

「そこにいてください、ヘレン。すぐに戻ります」

ジェニーは急いでアレックスをさがしに行った。

アレックスは若いドクターのためにレントゲン写真をチェックしていた。

「こっちを見れば骨折がわかるだろう」アレックスは別の写真をライトボックスに突っこんだ。「君は違う方向からの像を見ていたんだ」

「アレックス」差し迫ったジェニーの口調を聞き、アレックスは彼女の方に顔を向けた。

「どうしたんだい？」

「ヘレンのことなの。あなたがさっき診察した男の子の母親よ」

「彼女がどうかしたのかい？」

「心配なの。彼女は肺栓塞《せんそく》かもしれないわ」その言葉を口にした瞬間、ジェニーはばかばかしい気分になった。私はドクターではないのだから、診断を下したりすべきではない。彼女はアレックスが笑い飛ばすか、なにか皮肉な言葉を投げつけるのを待った。だが、彼はそのどちらもしなかった。

かわりに彼はレントゲンを見るのをやめ、真剣な口調で尋ねた。「どんな症状があるんだい？」

「息切れと胸の痛みがあって、咳をすると出血があるそうなの。それに右の脚と踝《くるぶし》に浮腫《ふしゅ》があり、右のふくらはぎに触れると痛みがあるわ」

アレックスはジェニーをじっと見た。「いったいどうやってそんな症状を全部見つけたんだい？」

ジェニーは顔を赤らめた。「ジャックを追いかけたときに息が切れたって、たまたま彼女が言ったの。それに、彼女がショートパンツをはいていたせいで片脚が腫れているのに気づいたのよ。なんでもないかもしれないけど……」

「そうは思えないな」アレックスはレントゲン写真

をライトボックスからはずし、そばにいたドクターに渡した。「この患者は骨折治療室に送って膝下にギプスをつけてくれ」そして、ジェニーの方に向き直った。「君の患者を診に行こう」

ジェニーはアレックスとともに緊急処置室に向かった。処置室に着くとアレックスはドアに片手をかけて立ちどまり、皮肉っぽくほほえんだ。

「さて、君の疑いが正しいかどうか確かめてみよう」アレックスはドアを押し開け、ヘレンに近づいていった。「あなた自身もあまり具合がよくないようですね」

ヘレンは女の子に本を読んでやりながら、身をくねらせている赤ん坊を必死に押さえていた。「ええ。でも、それはこの子たちのせいだと思っていました。三人ともちっともじっとしていないので」

「そうでしょうね」アレックスは小さな女の子を抱きあげ、ジェニーを見た。「小児科へ行って、おもちゃを借りてきてくれないか？　この子たちはすっかり退屈してしまっているようだ」

子供など欲しくないと思っている男性に、なぜこんなによく子供の気持ちがわかるのだろう？　ジェニーはそう思いつつ、急いで小児科へ向かった。

彼女がおもちゃを持って戻ると、アレックスがヘレンの脚を調べていた。「こうすると痛みますか？」

ヘレンは顔をしかめた。「少し」

アレックスはうなずき、ジェニーの方を見た。

「管を入れる必要がある」

せっぱつまったその口調を聞き、ジェニーはすぐに器具の準備にとりかかった。

アレックスはヘレンの横にしゃがみこんだ。「ヘレン、あなたの脚の血管の一つに血の固まりができているようです」彼は穏やかに言った。「それに、その固まりが肺に移動していることも考えられます。だから咳が出るんです。いくつか検査をしたいんですが」

ヘレンはアレックスをじっと見つめた。「このまま病院に残るということですか？」

「ええ。あなたの血管にカニューレを入れます。血液を取り、もし必要なら薬を入れるためです」アレックスは彼女の手の甲を消毒して適当な血管をさがし、慣れた手つきでベンフロンを注入した。「よし」彼は顔を上げて言った。「これから胸部レントゲンと、心電図と、脚の超音波検査だ」

ジェニーは必要な手配を始め、アレックスは内科チームに電話をかけた。

「私は病院にはいられません」ヘレンは不安げに言い、手を伸ばして女の子が落としたおもちゃを拾った。「五歳にもならない子供が三人いて、そのうちの一人は頭を打っているんです」

ジェニーはジャックに目をやった。彼はストレッチャーの上でおもちゃの車を動かして遊んでいる。

「だれか電話をできる人はいませんか？」

ヘレンはため息をつき、首を傾《かし》げた。「夫がいますが、彼は喜ばないでしょう」

電話を終えて戻ってきたアレックスが尋ねた。

「なぜです？」

「夫はとても忙しくて、仕事中に電話されるのをとても嫌うんです」

「ジェニーが電話してくれますよ」アレックスがなめらかな口調で言った。「彼女は人に果たすべき責任を思い出させるのが得意ですから」

「ええ、喜んで」ジェニーは言い、アレックスに向かってわざと愛想よくほほえんだ。「事情がわかれば、きっと彼はすぐに来てくれるでしょう」

ヘレンは納得していないようだったが、そのときX線撮影技師が心電図の専門家二人とともに急ぎ足で部屋に入ってきた。

アレックスはきびきびとうなずいた。「では、あなたをストレッチャーに移します、ヘレン。ジャックの隣にね。X線検査の間、二人のお子さんはジェニーが散歩に連れていきますよ」

点滴用スタンドに興味を示しているベラに注意を払いながらジェニーはうなずき、ヘレンから赤ん坊を受け取った。

心配そうなヘレンに、ぐずりだしたらすぐに赤ん坊を連れてくると約束し、ジェニーは小児科に向かって歩きだした。

赤ん坊を抱いたまま、彼女はベラにおもちゃの箱を見せた。そして、ベラが汽車のセットで夢中になって遊ぶのを満足げに見守った。

それからヘレンの夫に電話をかけ、事態の重大さが伝わるよう慎重に言葉を選んで説明した。

「この子はだれ？」ジェニーが受話器を置いたとき、ちょうどティナが近づいてきた。「ドクターを呼びましょうか？」

ジェニーは首を横に振り、事情を説明した。

ティナは目を大きく見開いた。「あなたがその症状に気づいたの？」

ジェニーは顔を赤らめた。「私はただ……」

「彼女は洞察力があるんだ」ふいに背後からアレックスの声が聞こえた。振り返ると、彼が戸口に立っていた。

ジェニーの心臓が二倍のスピードで打ちはじめた。

「ヘレンはどう？」

「肺の栓塞が見つかって、今内科チームが詳しく調べている。もし君が彼女の症状に気づかなかったら、手遅れになっていただろう」

アレックスに褒められて温かいものがこみあげ、ジェニーは赤ん坊をしっかりと抱き締めた。「ヘレンが無事でよかったわ」

アレックスは顔をしかめた。「彼女のご主人とは連絡がとれたかい？」

ジェニーはうなずいた。「すぐに来てくれると思うわ。とても心配していたから」

二人と子供たちが緊急処置室に戻ったとき、ヘレンはちょうど病棟に移されるところだった。

幸い彼女の夫がすぐに到着し、子供たちの面倒を引き受けてくれた。

彼らが出ていって処置室のドアが閉まると、アレックスは大きく息を吐き出した。「これでコーヒー一杯くらいは飲めるかもしれない」

ジェニーはちらりと腕時計を見て、自分たちがコーヒーどころか昼食も食べそこなったことに気づいた。だが、彼女が口を開く前に再びドアが開き、ティナが救急隊員とともに入ってきた。

アレックスはちらりとジェニーの方を見て言った。
「コーヒーは無理のようだな」

5

ジェニーがキャセロールをオーブンに戻したところで、アレックスが玄関の鍵《かぎ》を開ける音が聞こえた。

心臓が早鐘を打ち、彼女は深く息を吸いこんだ。

夕食を作ろうかどうか迷ったが、結局ジェニーは作ることに決めたのだった。

また妻のようなふるまいをしたと言って、アレックスは辛辣《しんらつ》な批判を口にするだろう。だが、ジェニーは今日一日ろくな食事をとっていなかったし、彼もそうだったとわかっていたから、一緒に夕食をとらないのはばかげていると思った。

ジェニーが目を上げると、アレックスはキッチンの戸口に立っていた。

「おかえりなさい」彼女は神経質に言った。「夕食を作ったの。でも、私は妻のようにふるまうつもりなんてないし、もしあなたがおなかはすいていないと言うなら――」

「おなかはぺこぺこだ」

「まあ」ジェニーは少しリラックスし、ためらいがちにほほえんだ。「よかった。あと三十分くらいでできるわ。デイジーはもうベッドに入ってるの」

「急がないよ」アレックスはネクタイを片手でぐいと引っぱった。「僕はデッキにいる」

きっとお酒を飲むのだろう。

キッチンを出ていく彼を見て、ジェニーは眉をひそめた。ストレスの多い大変な一日を過ごしたのはわかるが、でも……。

ジェニーは衝動的にアレックスを追って居間へ行った。

彼はグラスにウイスキーをついでいた。今やネクタイを取り去り、シャツの上のほうのボタンをはずしているので、日焼けした肌が少し見えている。

その姿は心をかき乱されるくらい魅力的で、ジェニーはふいに奇妙な興奮を覚えた。

「お酒を飲む以外にも、リラックスする方法はあるわ」そう言ったとたん、ジェニーは後悔したが、もう手遅れだった。

アレックスは一瞬動きをとめ、それからゆっくりとこちらを振り返った。「なんだって？」

「私は……ただ、あなたは飲みすぎだと思って」ジェニーは口ごもり、一歩あとずさった。

その場の空気が凍りついた。「君はいつから僕の飲酒習慣に干渉する権利を持つようになったんだい？」

「リラックスするには、もっといい方法があるわ」

アレックスは嘲《あざけ》るように片方の眉をつりあげた。

「君はなにをほのめかしているんだい、赤ずきんちやん？」

「お風呂に入るのも一つの方法だと言ってるのよ」

ジェニーはごくりと唾《つば》をのみこんだ。

アレックスは驚いたように彼女を見た。「風呂？風呂に入れば僕がリラックスすると思うのかい？」アレックスの瞳が危険な光を放ち、ジェニーはすぐに自分の発言を後悔した。

「大変な一日を過ごしたあと、私はいつもそうするわ」彼女は早口で言った。「キャンドルを灯《とも》し、ゆっくりとお風呂に入って……」

アレックスはジェニーの目から視線をそらさなかった。「今、そうするかい？　考えてみるとすばらしいアイデアかもしれない」彼はジェニーに近づいてきた。「行こう」

ジェニーの息がとまった。「い……行こう？」

「そのとおりだ」アレックスの笑顔はまるで悪魔のようで、ジェニーは鳥肌が立つのを感じた。

「ドクター・ウエスタリング……アレックス……」ジェニーはかすれた声で言った。

「僕は喜んで君の提案したリラックス法を試してみるよ」

「ば……ばかばかしい」ジェニーは口ごもりながら言った。「そんな意味で言ったわけではないとわかっているでしょう」

アレックスは片眉をつりあげ、さらにジェニーに近づいた。「どうして僕にそんなことがわかるんだい？」

ジェニーの心臓は胸から飛び出しそうな勢いで打っていた。「私はあなたのタイプではないからよ」

「僕がふだんブロンド女性を好むのは事実だが、君はすばらしい体をしている」

ジェニーは真っ赤になり、アレックスから目をそらした。「からかうなんてフェアじゃないわ」

「君をからかうだって？　なぜ僕が君をからかって

いると思うんだい？」

ジェニーは怒ったように息を吐き出した。「私は小柄で、特別なブラを使っても胸の谷間なんてできないからよ。だれの目から見ても私の体はすばらしいなんて言えないけど、だからといってそのことでからかわれたくはないわ」

アレックスは両手でジェニーの顔を包みこみ、無理やり自分と目を合わせさせた。

「僕はからかってなんかいない。君はすばらしい体をしている」彼は静かに言った。「君の体は信じられないくらい繊細で、女らしい。問題は君の頭の中にあるんだ。だれかが君に自分は魅力的でないと感じさせたんだろう。それはだれなんだい？」

ジェニーはすっかりうろたえ、アレックスから体を離した。私がすばらしい体をしていると、アレックス・ウエスタリングが思っているですって？

「お願い……その話題は忘れましょう」

短い沈黙が流れてから、アレックスは再びからかうようにほほえんだ。「君は風呂で僕に背中を流してもらいたがっているんだと思ったよ」

「そんなこと言ってないわ。わかってるくせに」

アレックスはたくましい胸の前で腕を組み、笑顔のまま言った。「君はリラックスする方法を僕に教えてくれるんだろう」

「私はそんなつもりでは……」

アレックスは小さな声で笑った。「では、忠告しておこう。火遊びはやめたほうがいい。それに、僕を変えようなんて思わないでくれ」

そして、アレックスはウイスキーを飲みほした。その目は、文句を言えるものなら言ってみろと挑戦しているようだった。

ジェニーはしばらく黙ったまま立ち尽くしていたが、ついにかすれた声で言った。「私はデイジーのようすを見に行かないと」

「臆病《おくびょう》者だな」アレックスの静かな笑い声が、階段を駆けあがってデイジーの寝室に逃げこむジェニーを追いかけてきた。

ジェニーは小児用ベッドの柵《さく》を握り締め、目を閉じた。アレックスのからかいにどう対処すればいいかわからなかった。うまく切り返すこともできないし、調子を合わせてふざけるなんて問題外だ。だが、このままデイジーの部屋にいつまでも隠れているわけにもいかない。彼女はバスルームへ行って髪を整え、夕食の準備を続けるためにキッチンに戻った。

「君をからかうべきじゃなかった。ごめんよ」背後からアレックスの声が聞こえ、ジェニーは驚いて振り向いた。

「いいのよ」

「いや、よくない。実を言うと、僕は君のような女性に慣れていないんだ。僕が君にショックを与えているのはわかっている。だが、どこまでやったら君が僕の顔をぴしゃりとたたくか、見てみたくてたまらない部分が僕の中にあるようなんだ」

「心配いらないわ」ジェニーはためらいがちにほほえんだ。「私は暴力が大嫌いだから」

アレックスは笑った。「そうだろうね。君みたいに穏やかな人には会ったことがないよ。君も怒ることがあるのかい？」

「それは私の欠点ではないわね」

「君に欠点があるのかい？」

ジェニーはほほえんだ。「もちろんあるわ」

「たとえば？」アレックスは疑わしげに尋ねた。

ジェニーはキャセロールをオーブンから出し、テーブルに置いてから答えた。「チョコレートよ」

アレックスはうめいた。「いったい女性とチョコレートの関係というのはどうなっているんだい？　僕の妹のリビーもチョコレートなしでは生きていけないらしい。チョコレートと、靴なしではね」

「すてきな方みたいね」ジェニーはテーブルに皿を並べた。「妹さんはお子さんがいるの？」そう尋ねてしまってから彼女は頬を赤らめ、唇を噛《か》んだ。「ごめんなさい。あなたは家族のことを話したくないんだったわね」

　アレックスは肩をすくめた。「それは僕たちが見知らぬ他人同士だったころの話さ。今はもうまったくの他人同士というわけでもないだろう？」彼はテーブルについてパンに手を伸ばしながら続けた。「リビーには四歳と二歳の女の子がいて、もう一人の妹のケイティには五歳の双子がいる。二人とも男の子だ。一度に何人もの子供が生まれるのは、うちの家系らしい。僕たちは三つ子なんだ。だが、新聞を読んでいるなら君はもう知っているだろうね。妹たちもずっとマスコミに追いかけられていたが、結婚したらみんな興味を失ってしまったようだ」

「それで今は、みんなの目があなたに向いているというわけね？」

「そういうことだ」アレックスはフォークを肉に突き刺し、皮肉っぽい笑みを浮かべた。

「理想的な結婚相手としてね」ジェニーは言い、自分のためにグラスに水をついだ。

　アレックスはワインに手を伸ばして尋ねた。「君は水より強いものを飲まないのかい？」

「もちろん飲むわ。でも、デイジーが生まれてからはあまりにも疲れていて、お酒なんて飲んでいられないの」

「大変だったんだろうね」アレックスはそっけない口調で言った。「クロエのことを話してくれ」

　ジェニーはかすかに体をこわばらせた。「なぜクロエのことを知りたいの？」

「僕は彼女の人生をだいなしにしたと非難されているんだから、少なくとも彼女について知る権利はあるだろう」

「あなたが妹の人生をだいなしにしたと思っているわけじゃないわ」ジェニーは皿の上にフォークを置いた。「クロエはとても美しくて、男性に愚かなふるまいをさせるタイプの女性だった。人魚のように長いブロンドの髪をしていて、体は魅力的なカーブを描いていたわ」

「彼女のせいで、君は自分を魅力的ではないと思うようになったのかい？」

ジェニーは用心深くアレックスを見た。「妹はものすごい美人だったから、彼女と一緒にいるときに男性が私にあまり注意を払わないのは、別に驚くことではなかったわ」軽い口調で言い、ジェニーは水を一口飲んだ。「私はそんなことは気にしていなかったの。妹を愛していたから」

「彼女はどんな人だったんだい？　君みたいにやさしい女性だったのかい？」

アレックスに率直に尋ねられ、ジェニーはとまどった。「クロエはとても大変な人生を送ったの。母が亡くなったとき、妹はまだ十二歳で、父はそれを埋め合わせるためにできる限りのことをしてやった。でも、少しやりすぎたのかもしれないわ」

「甘やかされてだめになったというわけか」

ジェニーは唇を噛んだ。「まあ、そういう面もあったかもしれないわね。でも、それは彼女の責任ではなかった。母が亡くなったとき、彼女はまだほんの子供だったもの」

「君も子供だったのに、お父さんは君を甘やかさなかったようだ」

「クロエは……問題をかかえていたのよ」

「問題？」

「母が亡くなったあと、妹はよくない仲間とつき合っていたの。父はできる限り手を尽くしたけど、うまくいかなかった。父は母の死をひどく悲しんでいて、彼自身も二年後に亡くなったわ」

アレックスは顔をしかめた。「お気の毒に」

「私は十八歳で、もう看護婦になる実習を受けていたんだけど、クロエは家にいて、父の死に大きなショックを受けたの」ジェニーは苦しげに続けた。「私はクロエと一緒に住めるように病院を変えたけど、彼女は勉強をやめてしまい、パーティばかり開いている仲間と遊びまわって、そして……」

ジェニーがふいに言葉を切ったので、アレックスは静かに促した。「そして、どうしたんだい？」

「正しい道をはずれてしまったみたいだった」ジェニーはつぶやいた。「電話もよこさずに一晩中帰らないこともあって、私はいつも寝ずに心配していたの」

「だが、君は彼女の母親ではない」

ジェニーは悲しげにほほえんだ。「クロエもそう言ってたわ。両親の亡くなったあと、私はできる限りのことをしたつもりだったけど、むだだった」声がかすれ、彼女は咳《せき》払いをした。「でも、あなたはこんな話を聞きたくないでしょう」

「聞きたいよ」アレックスは穏やかに言った。「僕にも関係のある話だからね。覚えてるかい？」

ジェニーはなんとか笑みを浮かべて続けた。「ついにクロエは私にうんざりして、家を出て友人たちと暮らすようになり、それ以後はほとんど会っていなかったの。私が訪ねていくといつも留守だったし、向こうからは決して電話してこなかった。彼女の妊娠を知ったのはまったくの偶然だったわ。妹はまだ十九歳で、私には彼女が怯《おび》えているのがよくわかった。妹は決してそれを認めなかったけれど」

「妹は子供の父親について君になにか話したのかい？」

ジェニーは口ごもった。「最初は、有名な人だとだけ言ったわ」ジェニーは妹の言葉を思い出したくなくて、一瞬目を閉じた。「それで、彼女は自慢げに……言っていた……」

「彼から金を巻きあげてやると?」アレックスはあとを引き取り、グラスに手を伸ばした。「恥ずかしがる必要はない。金を持っている人間のまわりには、常に群がる連中がいるものさ」

ジェニーはまっすぐ彼を見た。「でも、私がここに来たのはお金のためじゃないわ。クロエの考えがどうであれ、私はあなたのお金には興味がないの」

アレックスは考えこむように彼女を見た。「奇妙な話だが、君の言葉を信じるよ。先を続けてくれ」

ジェニーは息を吐き出した。「クロエの具合がひどく悪いと病院から電話があるまで、私は赤ちゃんが生まれたことも知らなかった。すぐに病院に駆けつけたけど、あとは悪夢のようだったわ」

「そのとき、彼女が僕の名前を言ったんだね?」椅子にもたれたアレックスの顔にはなんの表情も浮かんでいなかった。

「ええ」

「なぜすぐに僕のところへ来なかったんだい?」

「私は妹の死に打ちのめされ、何カ月も自分を責めていたの。妊娠している妹のそばにいてやらなかったことに罪悪感を感じて」

「だが、彼女のほうが君を遠ざけていたんだ」

「わかってるわ。でも、悲しみは理性では割り切れないものよ。それに、私はあなたにひどく腹を立てていた。あなたが妹を誘惑し、捨てたのだと思ったから。どの新聞を開いても、いつも別の女性と一緒にいるあなたの写真が載っていたわ」

「僕はそういう写真の女性たち全員とつき合っているわけではない」アレックスは穏やかに指摘した。「だが、世間の人々は僕の性生活にひどく関心を持っているから、マスコミは手に入るものはなんでも載せる。そうすれば新聞や雑誌が売れるからね」

ジェニーはゆっくりとうなずいた。怒りが徐々にしずまりつつある今、彼女はアレックスがマスコミにどれほど悩まされているかわかりはじめていた。

「記者たちはどうしてこの家に来ないの？」

アレックスはにやりとした。「僕には彼らの注意をそらすために使う別の住所があるんだ」

「まあ、それは賢いわね」ジェニーはほほえんだ。「とにかく、私はしばらく一人でがんばってみたけど、生活はあまりにも大変だった」

「看護婦の給料だけで暮らしていたんだろう？」

ジェニーはほほえんだ。「お給料はそんなに悪くなかったの。でも、デイジーは私だけでなく、もっといろいろなものを与えられる権利があるわ。だから私はあなたを見つけることにしたの」

アレックスはしばらく黙ってジェニーを見つめてから、椅子の上で体を動かした。「デイジーが僕の子供でないのは確かだが、とりあえず、僕は君に力を貸すつもりだ」

ジェニーは用心深く彼を見た。「もしあなたの子供でないなら、なぜそんなことをするの？」

「僕は困っている女性に弱いからさ」アレックスはワインを飲みほし、グラスを慎重にテーブルに戻した。「そして、君は明らかに困っている」

二人の視線がぶつかり、ジェニーは胃が引っくり返りそうになった。彼女は視線をそらそうとしたが、気がつくとアレックスの青い瞳にとらわれていた。

もしデイジーの泣き声が聞こえなかったら、永遠に彼を見つめていたかもしれない。

禁じられた妄想からはっと目覚め、ジェニーは即座に立ちあがった。「デイジーのようすを見てこないと」

「赤ん坊に救われたな」アレックスはもの憂げに言った。「急いで行ったほうがいいよ、赤ずきんちゃん。狼《おおかみ》につかまってしまう前に」

アレックスはからかっているのだ。きっと笑っているに違いない。ジェニーはそう思って彼の目を見た。だが、彼の表情はひどく真剣だった。ジェニーはごくりと唾をのみこんで二階に向かった。

ああ、助けて。

アレックスに対する自分の激しい反応に怯えつつ、ジェニーは震える手でデイジーを抱きあげた。やはり私はデイジーと二人、小さなフラットで暮らすべきなのだろうか？

仕事は相変わらず忙しかった。そのうえ、病院のスタッフの半分ほどがインフルエンザにかかってしまっていた。

「こんなことありえないわ。今は真夏よ」ティナがスタッフの勤務表を作りながらぶつぶつ言った。

ジェニーはデイジーがいるので余分な勤務を引き受けられなかったが、看護婦やドクターの中には大変な長時間勤務を強いられている人たちもいた。

アレックスはひどく忙しく、四日間ほとんど家に帰ってこなかった。

ジェニーは彼に対する自分の最初の評価が、新聞や雑誌の記事によってひどくゆがめられていたと認めざるをえなかった。

アレックスが女性との深いかかわりを必死に避けているのは事実かもしれないが、彼がすばらしく腕のいい献身的なドクターであるのもまた事実だ。マスコミはまったくその点に触れていない。

そのとき救急隊からの直通電話が入り、ティナが急いで受話器を取った。

電話を終えると、ティナが言った。「三十四歳で、妊娠三十一週目の女性が運ばれてくるわ。階段の下で見つかったんですって。アレックスを呼んでくれる？　私は産科の人たちに知らせてくるわ」

ジェニーがアレックスをさがし出したころには、救急車が到着していた。

「脈拍が非常に速く、血圧は計測不能です」救急隊員は患者をストレッチャーに移しながら、早口でアレックスに患者の状態を説明した。

「酸素吸入し、彼女を横向きに寝かせてくれ。赤ん坊の重みで血管が圧迫されてしまうから、上を向かせるな」アレックスは気道を確認し、脈拍を調べて言った。「モニターを取りつけよう。僕たちが扱っているのは二人の患者だということを忘れないでくれ。では、さっそく始めよう！」

スタッフはすぐに仕事にかかったが、女性の容体は刻々と悪化していた。

アレックスは冷静に患者に話しかけた。「大丈夫だよ、ジリー。君は今病院にいて、赤ちゃんを救うために僕たちが手を尽くしているからね」彼はちらりとほかのドクターを見た。「適合試験用に血液を取ってくれ。出血がみられるから、すぐに輸血を始めよう。Ｘ線撮影技師も呼んでくれ」

ジェニーはアレックスをちらりと見た。「赤ちゃんは大丈夫かしら？」

彼の目には緊張の色が浮かんでいた。「腹部と骨盤のＸ線写真は最小限にするし、ほかの場所にＸ線を当てるときは腹部に鉛の防御物をつける。理想的な方法でないのはわかっているが、なにが起きているかを突きとめなくてはならない。産科のチームはどうした？　彼らを呼んでくれたかい、ティナ？」

「手術室にいますが、できるだけ早く来ます」

アレックスはうめくように言った。「病棟に連絡して、助産婦にＣＴＧ装置を持ってきてもらってくれ。それと、帝王切開の道具を準備しておこう。万一に備えてね」

ジェニーとティナは驚いたように視線を交わした。アレックスは本当に救急医療室で帝王切開をするつもりなのだろうか？

アレックスが最初のＸ線写真を調べていたとき、

研修医が鋭く息を吸いこんで言った。「呼吸がとまりました」

アレックスはすぐに患者のそばに戻った。「挿管する必要があるな」

ジェニーは落ち着いて喉頭《こうとう》鏡をアレックスに渡し、頭上の明かりを調整した。

患者が妊娠していると肺に管を挿入するのはさらにむずかしいのだが、アレックスは手際よく作業を終え、患者に空気を送りこみはじめた。

アレックスはその後の処置を研修医に指示し、シンクに行って手を洗った。「帝王切開の準備を整え、もう一度産科医を呼んでくれ」

ティナはあんぐりと口を開けて彼を見た。「ここで帝王切開をするつもりですか？」

「赤ん坊は今、低酸素状態にある。助けるためには外へ出す以外にない。それに、赤ん坊を外に出せば母親の大静脈の圧迫もなくなり、血液の供給が改善する。彼女にはだれかつき添っているのかい？」

ティナはうなずいた。「ご主人が来ていて、ひどく心配しています」

「当然だな」アレックスは口元を引き結んだが、救急医療室の顧問医が入ってくると目を上げて言った。「マーク！　緊急切開の必要があるんだが、ご主人に話しに行ってくれるかい？」

マークと短い会話を交わしながら、アレックスは手術着に腕を通して滅菌手袋をはめた。

その間に産科から助産婦が到着し、手を洗ってアレックスを手伝う準備を整えた。

「なにがあっても心肺機能回復法をやめないでくれ」アレックスはスタッフに命じ、入ってきた麻酔医に向かってうなずいた。「急ごう。すぐに始めたいんだ。胎児の心拍数は？」

助産婦が確認した。「百五です」

「急いで赤ん坊を外へ出す必要がある。始めるぞ」

麻酔医がうなずくと、アレックスはメスを取りあげて自信に満ちた手つきで動かしはじめた。ジェニーはそのすばやい動きを驚きつつ見守っていた。

アレックスはたちまち赤ん坊を取りあげた。途中で小児科と産科のチームも到着したが、アレックスの仕事ぶりを見てだれも口出ししなかった。やがて小児科医が赤ん坊を連れていくと、アレックスは母親に注意を戻した。

張りつめた雰囲気の中、ジェニーは固唾《かたず》をのんでアレックスの作業を見ていた。

彼は母親を救うことができるだろうか？　それとも、この子も母親を失うことになるのだろうか？

クロエの姿がふいに頭に浮かび、ジェニーは喉にこみあげてきた固まりをぐっとのみこんだ。

「問題はここだ」アレックスがついに言い、胎盤を子宮から取り去った。「胎盤がはがれかけていた。輸血が必要だ」そして、彼は産科の顧問医のヒューゴに視線を向けた。「もしよければ、縫合を君に頼みたい。僕は残りの処置をしたいんだ」

アレックスは手袋をはずし、患者の血圧や脈拍を示すモニターに注意を戻した。

そのとき部屋の隅から突然泣き声があがり、ジェニーは無言で感謝の祈りを捧《ささ》げた。

赤ん坊が泣いているのだ。

アレックスが目を上げた。「無事かい？」

小児科医がうなずいた。「そのようだ。呼吸には少し手助けが必要だろうが、とても元気だよ」

ヒューゴが縫合作業からちらりと目を上げた。「いい仕事をしたな、ウエスタリング。あと数分遅かったら、赤ん坊は助からなかっただろう。金持ちのプレイボーイにしてはとてもよくやったよ」

ちゃかすような言葉ではあったが、その口調には敬意がこもっていた。

だが、アレックスは自分に向けられた称賛の言葉など聞いていなかった。彼は決してあきらめず、母親を救うことに全神経を集中していた。

「心電図が正常に戻りました」麻酔医が驚いたようにアレックスを見ると、彼は少年のように笑った。

「いいぞ」

容体が安定したのを確認してから、アレックスはジリーを集中治療病棟に移す許可を出した。

移送の準備が始まったとき、マークが戻ってきた。

「彼女は大丈夫なのかい？」その声には驚きがこもっていた。アレックスは短くうなずいた。

「今のところはね。だが、経過には十分注意する必要がある」

マークは呆然《ぼうぜん》としていた。「それで、赤ん坊は？」

「赤ちゃんは特別治療を受けてるわ」ティナが言い、背伸びしてアレックスを抱き締めた。「あなたって本当に有能ね」

「神様から女性への贈り物、それが僕さ」アレックスは軽い口調で言った。「とくに、妊娠している女性へのね」

「彼女のご主人と話すかい？」

「今行くよ。長期的には彼女が安定するかまだわからないが、とりあえず話しておこう」

ジェニーは彼を見た。「私も行きましょうか？」

「ああ」アレックスはうなずき、先に立って部屋を出た。「感情的な問題は僕より君のほうが得意だろう。大丈夫かい？　ちょっと顔色が悪いな」彼はジェニーに鋭い視線を向けた。「クロエのことを考えていたのかい？」

「ええ」彼女は無理やりほほえんだ。「人生は厳しいものね」

アレックスはうなずき、片手で彼女の肩をぎゅっとつかんだ。「妹さんのことは気の毒に思うよ」

薄い制服を通してアレックスの力強さが伝わって

きて、ジェニーはごくりと唾をのみこんだ。「ありがとう。ところで、あなたは感情的な問題に関してもすぐれていると思うわ」彼が母親と赤ん坊を救うためにどんなに必死に努力したか思い出し、彼女は言った。「あなた自身に関する問題を除けばね」

　アレックスはゆがんだ笑みを浮かべ、ジェニーの頬を軽く指ではじいた。「調子にのらないでくれ、赤ずきんちゃん」

　ジェニーは顔を赤らめた。「また私をからかっているのね」

「君をからかうのはとてもおもしろいんだ。それが僕のお気に入りの気晴らしになりつつある」

　アレックスはそう言うと、ジェニーに答える隙《すき》を与えずにドアを押し開けた。

　その日の夕方、二人はデッキで美しい夕日を眺めながら軽い夕食をとっていた。

「以前にも経験があるの？」ジェニーはその日の劇的な出来事が忘れられなかった。

「なんの経験だい？」アレックスはあくびをしつつパスタをフォークに巻きつけた。

「帝王切開よ」ジェニーはまだ興奮していた。「あなたはあっという間に赤ちゃんを取りあげたわ」

　アレックスは肩をすくめた。「緊急事態だったんだ。帝王切開は、以前にも数回やったことがある」

　ジェニーは興味深げに彼を見た。「あなたは産科にいたの？」

「一年間ね。なぜだい？」

「あなたはそういう仕事を楽しむタイプには見えないから。感情的な場面や、子供や……」ジェニーが言葉を切ると、アレックスは大きく息を吐き出した。

「僕は子供が好きなんだ、ジェニー」彼は静かに言った。「ただ、自分の子供は欲しくない。ひどい父親になるとわかっているからね。それに、君の言うとおり僕は産科に向いていなかった。結局は救急医療室が恋しくなって戻ってきたんだから。だが、その間にいくらかの技術は身についていたようだ」

「記録的なスピードだったわ」ジェニーは笑みを浮かべて尋ねた。「二人とも大丈夫だと思う？」

アレックスは肩をすくめ、皿を押しやった。「僕たちは最善を尽くしたんだから、あとは見守るしかないな」

ジェニーはかすかに頬を染め、彼を見つめた。

「あなたはすばらしかったわ」

アレックスは眉をつりあげた。「僕は女ぐせの悪い金持ちのプレイボーイだと思ったが」

ジェニーの頬がいっそう赤くなった。「女ぐせは悪いかもしれないけど、優秀なドクターだわ。それに、あなたがひどい父親になるとは思えない。むしろとてもいい父親になるでしょう」

アレックスは椅子の背にもたれ、謎《なぞ》めいた表情を浮かべた。「そんなことはない」

「だれがあなたにそんなふうに思わせたの？」それはジェニーの容姿に関して二人が交わした会話とそっくりだった。アレックスがゆがんだ笑みを浮かべているところをみると、彼もそれに気づいているらしい。「問題はあなたの頭の中にあると思うわ」

アレックスは身を乗り出し、ジェニーの目をじっと見つめた。「問題は」彼はゆっくりと口を開いた。「僕が自分の勝手気ままな独身生活を気に入っているという点だ」

「それでも、あなたはいい父親になるわ」

ジェニーはそう言うとすばやく立ちあがって皿を持ち、アレックスが反論する前に急いでデッキを離れた。

6

出産の二十四時間後、ジリーは産科病棟に移れるほどよくなり、彼女の回復をみんな奇跡と呼んだ。

「まったくばかげた話だわ」忙しい一日に向けて準備を整えながら、ティナは言った。「この病院の唯一の奇跡はアレックス・ウエスタリングよ。彼はすばらしいドクターなのに、マスコミはいつもそれを無視している。そして、彼自身もなにも言わない」

実際、アレックスはみんなの騒ぎぶりに困惑しているようだった。急患があって呼び出されたとき以外、彼はほとんど自分のオフィスにこもってスタッフの報告書と格闘していた。

彼のようすがいつもと違うことにジェニーが気づいたのは、もうすぐ一日が終わるころだった。

アレックスは顔が少し赤く、目のまわりに疲労によるしわができていた。

ジェニーは彼にX線写真を渡しつつ、心配そうに尋ねた。「大丈夫？」

アレックスはX線写真をじっと見て答えた。「大丈夫さ」

だが、そうは思えなかった。

ひどく具合が悪そうだ。彼もインフルエンザにかかったのだろうかと、ジェニーは思った。

そして、彼が家に帰ってきたとき、ジェニーは一目で自分の予想が正しかったのを知った。

「すぐにベッドに入ったほうがいいわ」彼女が言うと、アレックスは嘲《あざけ》るような視線を向けた。

「また僕に誘いをかけているのかい？」

ジェニーは穏やかにほほえんだ。「そんなに具合が悪くては、私の貞操の脅威になどならないわ」

「油断しないほうがいいよ、赤ずきんちゃん」アレックスは言ったが、その声はひどくしわがれていた。

「夕食を食べる？」

彼は首を横に振ってかすかに眉をひそめ、めまいを覚えたかのように片手を頭に当てた。「いや、僕は大丈夫だ」彼は顎をこわばらせて答えた。

アレックスが足を引きずって階段を上がっていくのを、ジェニーはため息をついて見守った。そして、あとでアレックスのようすを見に行こうと決め、キッチンに行って自分のためにサラダを作った。それから本を持ってソファの上にまるまった。

ジェニーはすぐに物語に引きこまれ、まぶたが痛みだすまで夢中になって読みつづけた。それから本を閉じ、寝室に向かった。途中で子供部屋に寄ると、デイジーはぐっすり眠っていた。

ジェニーはシャワーを浴びてパジャマがわりのTシャツに着替え、アレックスのようすを見に行った。たぶんぐっすり眠っているだろう。でも……。

アレックスの寝室のドアをそっと開けると、彼が服を着たままベッドに寝そべっているのが見えた。

ジェニーは彼の赤い顔を見て不安に駆られ、急いで額に触れてみた。

燃えるように熱い。

「アレックス……」そっと声をかけたが返事はなく、ジェニーは唇を噛《か》んだ。なんとかして服を脱がせ、ベッドにきちんと寝かせなくては。

ジェニーはまず彼の靴を脱がせ、それからズボンのボタンをはずした。続いてファスナーを下げようとしたとき、彼女の指はかすかに震えた。

アレックスが目を覚まさないことを願いながら、彼女はズボンを下ろしていき、途中でつかえて動かなくなるとさらに強く引っぱった。

彼がうめき声をもらし、ぱっと目を開けた。

「なにをしているんだ？」アレックスはかすれた声

で言った。そして、ジェニーがついにズボンを脱がせて彼をベッドに寝かそうとすると、抗議するようにうめいた。

「きちんとベッドに入らなくてはだめよ、アレックス」ジェニーは再び彼を動かそうとしたが、百八十五センチを超える大きな体を自分の力だけで動かすのは不可能だった。「アレックス……ちょっと動いてくれない？」

彼はうなって再び目を閉じたが、少し奥に移動してくれた。ジェニーは彼の下からキルトの上掛けを引っぱり出し、彼を枕《まくら》の上に落ち着かせた。

それからシャツを脱がせて黒いボクサーショーツだけという格好にすると、新しいシーツをさがしに行った。

そして、持ってきたシーツを彼のまわりにたくしこみ、再び熱を確かめてから自分の部屋に戻った。もし彼が呼んだら聞こえるように、ドアは開けたままにしておいた。

アレックスは三日間寝こんだ。熱がとても高いので心配になり、ジェニーは二度も医者を呼んだ。

医者は、ただのインフルエンザだから、できるだけ快適に寝かせておいてやる以外にないと言った。彼女は言われたとおりにしたが、アレックスは彼女がいることにさえ気づいていないようだった。

幸いジェニーは四日間休暇がとれ、デイジーもおとなしく子供部屋で遊んでいてくれた。結局ジェニーは自分の部屋に戻らず、アレックスの寝室で昼も夜も彼の看病をしていた。

医者はそのうち熱が下がると請け合ったが、そういう徴候はなく、ジェニーは何度も冷たいタオルで彼の体をふいてやった。

三日目の夕方、ジェニーはアレックスが心配だったので、彼のベッドの足元でまるくなっていることにした。これならうたた寝ができるし、彼になにか変化があればすぐにわかる。

「ジェニー……ジェ……」アレックスのしわがれた声で目を覚まし、ジェニーはゆっくりと体を起こした。

寝こんで以来アレックスがジェニーの名前を呼んだのは初めてで、彼女はほっとため息をついた。彼はよくなったのだ。そうに違いない。

ジェニーはなにも考えずにベッドを這《は》いあがり、彼の頬に自分の顔をつけた。熱は下がっていた。

「よかった」安堵《あんど》のあまり肩をがくりと落とし、ジェニーは座りこんだ。「ずっと心配だったのよ」

「ひどい気分だ」アレックスの顎は三日分の無精髭《ひげ》で黒くなり、髪もひどく乱れていたが、どういうわけか危険なほど魅力的に見えた。

そのとき、ジェニーはふと気づいた。私はこの三日間、彼を男性としてではなく看護が必要な患者として見ていたのだ。

そして、最悪のときが過ぎた今、彼女はアレックスがまさに男性であることを、自分がヒップのやっと隠れるTシャツ一枚という格好で彼のベッドにひざまずいていることを、強く意識してしまった。

「もちろんひどい気分でしょうね。あんなに具合が悪かったんだもの」ジェニーは顔を真っ赤にして彼から離れようとしたが、長い指が彼女の手首にしっかりと巻きついた。

「行かないでくれ」アレックスは苦しげに言った。

「服を着て戻ってくるわ」ジェニーは再びベッドを下りようとしたが、彼は手にますます力をこめた。

「僕が眠っていると思っていたときは、君は着ているもののことなんか気にしてなかったんだろう？」

「もちろんよ。あなたのことが心配だったから。あなたはひどいインフルエンザにかかっていたのよ」

「そして、君は僕の世話をしてくれた」アレックスはこの数日間の記憶をたどるように眉を寄せた。

「いったいなにがあったんだい？」

その口調はふだんのアレックスと同じだったので、ジェニーはほっとしてほほえんだ。

「あなたはひどいインフルエンザにかかったの。私はお医者様を二度も呼んだわ」

アレックスはぼんやり彼女を見た。「医者？」

「ええ」ジェニーは軽い口調で言った。「あなたのよく知っている人たちよ」

アレックスは目を細めて彼女をじっと見た。「君もひどく疲れているみたいだ。目の下に隈《くま》ができている。僕のせいでずっと眠れなかったのかい？」

「少しね」心の中でこっちを見ないでと叫びながら、ジェニーは答えた。アレックスに注意を向けられるとひどく落ち着かない気分になる。「でも、あなたはもうよくなったから、私は自分の部屋に戻るわ」

「まだだめだ」アレックスが手を放そうとしないので、ジェニーは唇を噛み締めた。「僕は厄介な患者だったかい？」

「驚いたことに、そうでもなかったわ」ジェニーは皮肉っぽくほほえんだ。「あなたは起きているときより眠っているときのほうが扱いやすいわね」

アレックスが瞳をきらめかせた。「そうかい？」

突然、ジェニーは彼の広い肩幅や黒い胸毛、それに裸も同然の格好を痛いほど意識してしまった。

ジェニーはなんとかこの部屋から逃げ出し、もっとまともな服を着たかった。「なにか飲み物か食べ物を持ってきましょうか？」

アレックスは首を振った。「僕に必要なのはバスルームへ行くことだ」彼は顔をしかめ、ベッドの中で体の向きを変えた。「僕は今までどうやってそこへ行っていたんだい？」

ジェニーは真っ赤になり、彼につかまれていた手を振りほどいた。「私が手助けしていたのよ」

「僕たちがロマンチックな関係でなくてよかったな。バスルームに行くのを手伝ったりしたら、きっとどんな関係も壊れてしまっただろう」

「それはあなたが人と人の関係を思いやりではなくセックスと結びつけているからよ」

「僕が？」

「ええ。でも、今そんな話をしても仕方がないわ。バスルームを使いたいの、使いたくないの？」

アレックスは一瞬言葉を失ったようだったが、やがて咳《せき》払いをして言った。「自分でやってみるよ」

ジェニーは彼をからかわずにいられなかった。

「恥ずかしがる必要はないわ。今や私はあなたの体をよく知ってるもの。この三日間、何度もふいてあげていたんだから」

「それじゃ、君はなぜ必死に逃げ出そうとしてるんだい？」アレックスは尋ねた。

「狼《おおかみ》が目を覚ましたからよ」ジェニーはつぶやき、彼をからかったりしなければよかったと後悔しつつ、ドアの方へあとずさりした。

アレックスは立ちあがったものの、すぐによろめいた。ジェニーは駆け寄って彼の腕を取り、自分に寄りかからせた。

「あなたはまだ一人でベッドを出られるほどよくなってはいないわ」アレックスを支えてバスルームに向かいながら、ジェニーは彼を叱《しか》った。「さあ、着いたわよ。あとは自分でできるでしょう。飲み物を持ってきてあげるわね。すぐに戻るわ」

その前にもっとまともな服を着て、アレックス・ウエスタリングはまったく私のタイプではないという事実を自分自身に思い出させなくては。彼女はそう思った。

アレックスはベッドに横たわり、ジェニーがシーツを整えたり飲み物を補充したりするのを見ていた。

彼女は人の世話をするように生まれつき、そうしているときが一番幸せなのだと彼は思った。それは彼女がデイジーの世話をしているのを見ればすぐにわかる。

そして今、アレックスはその思いやりを受ける側にいた。それは想像していたよりずっと心地よい体験だった。

ジェニーの手は信じられないほどやさしく、声は温かく、彼女がそばにいるだけで百倍も気分がよくなる。

ジェニーは首から踝《くるぶし》まですっぽりおおう部屋着を着こんでいたが、本当はそんなものは必要なかった。最初に目を開けたときに見た官能的な長い脚を、アレックスは鮮明に記憶していたからだ。

それに彼は、ジェニーが自分のベッドの足元で眠っていた事実にひどく感動していた。きっと彼女は僕のことを本気で心配していたのだろう。

「君はいったいどうやって僕だけでなくデイジーの面倒もみていたんだい？」

ジェニーはにっこりした。「あなたはデイジーよりずっと手がかかったわ。デイジーはとてもいい子で、床のマットに座らせておけば機嫌よく遊んでいたし、夜はよく眠ってくれたから」

だが、ジェニーは夜はほとんど眠らず僕の世話をし、昼間はずっとデイジーの面倒をみていたのだ。ひどく疲れきっているのも無理はない。

嫌っているはずの自分のために彼女がそんな犠牲を払ったと思うと、アレックスはなんとなく落ち着かない気分になった。

ジェニーは彼の額に手を当て、心配そうに眉をひそめた。「気分はどう？」

「かなり弱ってるよ」

それは事実だったが、ふだんのアレックスなら女性に対して自分の弱みを認めるくらいなら死んだほうがましだと思っただろう。だが彼は、ジェニーに世話されるのは最高にいい気分だということを発見していた。それに、彼女がもうそれほど自分を警戒していないように見えるのがうれしかった。

部屋を片づけるジェニーを目で追っているうちに、アレックスは彼女の長いまつげやふっくらした唇に目を奪われていた。だぶだぶの部屋着も、ほっそりした女らしい体を隠すことはできない。ジェニーは信じられないくらい美しい。部屋着を脱がせて彼女の体のほかの部分も脚と同じくらいすてきかどうか確かめたい衝動を、彼は必死に抑えこんだ。

ジェニーが片づけを終え、アレックスの方を見た。

「少し眠ったほうがいいわ。用があったら呼べるように、ドアは開けたままにしておくから」

アレックスの胸に失望がこみあげた。ジェニーはもう僕のベッドの端で寝るつもりはないらしい。そのとき彼は、僕が本当に望んでいるのは彼女が同じベッドの中で寝ることなのだと気づいた。

僕と一緒に。

アレックスは目を閉じ、顎をこわばらせた。いったいどうしてしまったのだろう？

ジェニーは僕のタイプではない。

それは彼女がブロンドではないからではなく、彼女が僕のルールどおりにお遊びを楽しむ女性ではないからだ。もし彼女がバージンだとしても、僕は驚かないだろう。

ジェニーをこの家から追い出すのが早ければ早いほど、彼女は安全だ。

そして、僕自身も。

まだ家にいるようにとジェニーが必死に説得したにもかかわらず、アレックスは三日後に仕事に戻った。

「あなたは本当に具合が悪かったのよ」朝食を食べ

ながら、彼女は抗議した。

「もし僕が倒れたら、君が生き返らせてくれ」アレックスはいたずらっぽくほほえんだ。それを見てジェニーは息がとまりそうになり、思わず彼の唇へ視線が引き寄せられてしまうのをとめられなかった。

アレックスにキスされたらどんなだろう？

刺激的だわ……。

「そんなふうに僕を見るのはやめてくれ、赤ずきんちゃん」アレックスはコーヒーを飲みほし、マグカップを勢いよくテーブルに置いた。「さあ、さっさと出かけよう。僕たちが二人とも後悔するようなことをしでかしてしまう前に」

ジェニーはこれまでの人生でこんなひどい混乱に陥ったことはなかった。アレックスは決して女性と真剣にかかわり合おうとしない男性だ。私にはまったくふさわしくない。

それなのに、なぜ私はアレックスに関する些細《ささい》な事実に気づいてしまうのだろう？ 彼が老婦人をからかうところや、病気に苦しみ怯《おび》えている人たちに深い理解を示すところ、母親とおなかの子供を救うために全力を尽くして仕事に取り組むところなどに。笑うとしわができる頬や、うっすら生えた無精髭にも。なぜ私は突然、あのつややかな黒髪の感触を確かめたくてたまらなくなってしまうのだろうか？

だが、アレックスは私のものではない。ジェニーは自分にそう言い聞かせながら、今まで経験したことのない感情に駆られて途方にくれた。

実際、彼はだれのものでもなかった。

アレックスは一人でいるのが好きで、周囲の人々から感情的に安全な距離を保っている。

そして彼は、小柄で黒っぽい髪をして胸が小さく、彼の飲酒癖を心配し、まともに恋人とつき合ったことすらない女性を例外扱いはしないだろう。

ジェニーはなんとか気持ちを落ち着かせてデイジ

ーをチャイルドシートに固定し、アレックス以外のことを考えなさいと自分に言い聞かせつつ仕事場に向かった。

幸い仕事はとても忙しく、アレックスに対する自分の混乱した気持ちについて考えこんでいる暇はなかった。

病院に着いた瞬間から彼女は仕事に没頭したが、時間がたつにつれ、アレックスがどうしているか気になりだした。きっとまだ調子が悪いに違いない。

「緊急処置室に来てちょうだい、ジェニー」ティナがやつれた顔で言った。一週間以上スタッフ不足が続き、彼女にもさすがに疲れが見えはじめていた。「ショッピングセンターで倒れた六十四歳の男性が運ばれてくるわ」

彼女が言いおわらないうちに救急車が到着し、男性が運びこまれてきた。

アレックスが大股で部屋に入ってくると、ジェニーはほっとした。顔色はあまりよくないが、仕事ぶりはいつもと変わらずてきぱきしている。

「どんな患者だい？」

「名前はジェフリー・パーマー……」救急隊員がすばやく患者を引き渡した。

ジェニーはその男性の顔に慎重に酸素マスクをかぶせ、脈拍と血圧を確認した。

アレックスはすでに診察を始め、近くにいたトムをちらりと見て言った。「管を二本挿入してくれ」

トムはうなずき、アレックスは診察を続けた。

「モニターを取りつけよう、ジェニー。ミスター・パーマー、どんな痛みか説明してもらえますか？」

男性はうめいた。「胃のあたりと背中が……」

「すぐに痛みを抑える処置をしましょう」アレックスは腹部を診察するためにすばやく男性のシャツのボタンをはずした。

トムがストレッチャーを離れて言った。「管が二本入りました」

「痛み止めのモルヒネとシクリジンを投与し、検査用の血液を採取する」アレックスは必要な検査項目をあげ、一息ついてから続けた。「それに、赤血球十ユニットと血小板二ユニットを用意してくれ」

トムは一瞬彼を見てから、短くうなずいて必要な準備を始めた。

ジェニーは唇を噛み締め、患者に注意を集中した。アレックスが命じた血液の量から考えて、患者に大量出血の危険があるのは明らかだった。

「ジェニー、血管専門外科医と麻酔医を至急呼び出し、緊急手術室をおさえてくれ」アレックスは患者の腹部の診察を終え、じっとモニターを見つめた。

「心拍が異常に速く、血圧が低い」それから患者の方に向き直り、励ますように彼の肩に手を置いた。

「ミスター・パーマー、膀胱《ぼうこう》に管を入れなくてはなりません。それに手術の必要があるようです」

男性はうめいた。「いったいなにが起きたんですか？」

「いわゆる大動脈瘤《りゅう》です」アレックスは簡潔に言い、手術着の男性が急いで部屋に入ってくると目を上げた。「ポール……来てくれてありがとう」

彼が患者の容体を手短に説明すると、血管専門外科医は患者を診察し、すぐに手術を始めると宣言した。

「通路を片づけてエレベーターを確保します」ジェニーは言った。手術室へ運ぶのがほんの少し遅れただけで生死にかかわる事態だとわかっていた。

ジェニーは必要な電話をかけ、酸素と吸引装置をチェックし、手術室に行くまでに必要な器具や装備がすべて整っていることを確認した。

数分後、患者は無事に手術室に到着した。

ジェニーが急いで緊急処置室に戻ると、トムとアレックスはまだ話しこんでいた。

トムが緊張した面持ちで髪をかきあげた。「でも、どうしてすぐに大動脈瘤だとわかったんですか？」

「典型的な症状が見られたからね」

「あなたが指示した血液の量には驚きました」

「もしあの動脈瘤が破裂したら、大出血になっていただろう」アレックスは険しい表情で言った。「彼を無事に手術室に送れてよかった」

　ジェニーは心配を押し隠し、彼の方を見た。

　こんな忙しい場所で働いてなどいないで、家に帰って休むようにとアレックスを説得したかった。だが、そんなことをしてもむだなのはわかっていた。アレックスは自分のしたいようにするだろう。

　ジェニーにできるのは、ただ自分の勤務を終えて家に帰り、アレックスが戻ってきたときにあまりひどい状態でないのを願うことだけだった。

7

　午後九時近く、アレックスはやっと家に着いた。家の中に入った彼を最初に出迎えたのは、キッチンから漂ってくるいいにおいだった。

　彼は一瞬目を閉じ、皮肉っぽい笑みを浮かべた。

　女性が家にいることに、アレックスは急速に慣れつつあった。ジェニーの料理が待つ家に帰るというのは、驚くほど心安らぐものだった。

　キッチンから彼女が出てきた。黒っぽい瞳には心配そうな色が浮かんでいる。アレックスはそれを見て大きなショックを受けた。安らぎを感じるのは彼女の料理が待っているからではなく、彼女のもとに帰ってきたからなのだ。

「具合が悪そうね」ジェニーは眉をひそめた。「もっと早く帰ってくるべきだったのに」彼女がやさしく腕に触れると、アレックスは自分の体がこわばるのを感じた。

そしてふいに、ジェニーをベッドに引っぱっていき、あの信じられないほど長い脚を再び見られるならほかになにもいらないと思った。

ちくしょう。

弁護士が早く連絡をくれるといいのに。

「デイジーはどこだい？」

「ぐっすり眠ってるわ」

では、赤ん坊が気をまぎらわしてくれることもないわけだ。アレックスは歯嚙《はが》みしてジェニーから離れ、ウイスキーを飲むために部屋を横切った。

そして、ボトルに手をかけたところで、肩ごしにジェニーを振り返った。

「さあ、言えよ。飲んではいけないって」

「あなたは大変な一日を過ごしたんだもの」ジェニーは静かに言った。「もし飲みたければ、そうする権利があるわ」

アレックスは突然、自分が酒を飲みたくなどないことに気づいた。

リラックスするためにはもっといい方法がある。

だが、僕が本当に望んでいるのは禁じられた行為だ。

ジェニーはうろたえたようにこちらを見ている。もし僕の心が読めたら彼女はさっさと逃げ出すだろうと、アレックスは思った。

実際、ジェニーは逃げ出すべきなのだ。

アレックスは息を吸いこみ、片手で首のうしろをもんで緊張をやわらげた。そろそろ自分の意志の強さを信頼できない段階にきている。ふだんなら、もし好みの女性に出会い、彼女が僕のルールどおりにふるまえば、僕は喜んでその関係を進めて自然な流れとしてベッドへ行き着く。

だが、ジェニーは違う。

ジェニーはベッドになど行かない。

彼女は心配そうにアレックスを見ていた。「なにか私にできることはある？　お風呂の用意でもしましょうか？」

「また風呂の話か」アレックスはあえてふざけた口調で応じた。「君にとって、風呂は人生のすべての問題に対する答えのようだな」

彼はいつものようにジェニーが顔を赤らめるのを待った。だが、彼女は頰にかすかなえくぼを作り、にっこりほほえんだだけだった。

「試してみるべきよ。効果があるわ」

「どうすればいいか、君が教えてくれるならね」

アレックスはジェニーに、まだチャンスがあるうちに逃げ出すようにと警告したつもりだった。

だが、彼女は逃げ出すかわりにあの愛らしい笑みを浮かべた。「ばかなこと言わないで、アレックス。あなたが冗談を言ってるのはわかってるわ」

もし僕が本気だと知ったら、ジェニーはなんと言うだろう？　今この瞬間、僕が最も望んでいるのは君と風呂に入ることだと言ったら？

一つだけ確かなのは、もし僕の考えを知ったら彼女がひどくショックを受けるということだ。

「泳ぎに行ってくる」うまくいけば、冷たい水が制御しきれなくなっているホルモンの勢いを弱めてくれるだろうとアレックスは思った。

ジェニーはぞっとしたように彼を見た。「アレックス、今はだめよ！　もう暗いもの」

「平気さ。いつもそうしてるんだ」

「お願い、やめて」ジェニーは唇を噛んだ。「あなたはインフルエンザから回復したばかりだし、一日中働いて疲れているわ。もし水の中でなにかあったら……」

アレックスは顔をしかめた。「同じ姿勢で長く立っていたから、肩が痛いんだ」

「それじゃ、ソファに横になって。私がマッサージしてあげるわ」ジェニーはそう言ってから、目をくるりと動かした。「でも、あなたはまたこの言葉を間違った意味に受け取るんでしょうね」

アレックスはゆがんだ笑みを浮かべた。「君はずいぶんショックを受けなくなってきたね。僕のように悪名高い女たらしと暮らしているおかげだ」

ジェニーは彼から目をそらした。「あなたはそんなにひどい人じゃないわ。でも、あなたがその話題を持ち出したから言うけど……」彼女は口ごもり、咳《せき》払いをした。「私はフラットをさがすためにいくつかの不動産業者に電話をしてみたの」

アレックスは一瞬腹を蹴《け》られたような衝撃を受けてから、眉をひそめた。彼女が出ていくというのは、まさに僕が望んでいたことではないのか？

いや、違う。

それは僕が最も望んでいないことだ。「どうしてそんなことをするんだい？」

ジェニーは彼と目を合わせなかった。「デイジーの父親の問題を解決するのに、思ったより時間がかかっているからよ。それに、いずれデイジーと私は自分たちの住む場所を見つけなくてはならないわ」

アレックスは目を細め、ジェニーをじっと見つめた。「なぜここを出ていきたいんだい？　君は経済的に楽ではないし、もし家賃を払うとなれば……」彼は首を横に振った。「その話は忘れてくれ。弁護士が父親の件について答えを出すまで、君とデイジーはここにいる。結果が出たら、今後について最善の方法を考えよう」

アレックスはジェニーを出ていかせたくなかった。だが、その問題についてさらに話し合う前に一日の疲れがどっとこみあげてきて、めまいを覚えた。

ジェニーはすぐに気づいたようだった。「階上《うえ》に行って、ベッドに横になって。夕食を持っていってあげるわ」

アレックスは反論せずに重い足を引きずって二階へ行き、ベッドに大の字になって目を閉じた。まもなくジェニーが静かに部屋に入ってくる音がした。

彼女はアレックスのそばに座り、ベッドが沈みこんだ。

「シャツを脱いで、体を回転させて」

彼は片目を開け、皮肉っぽくジェニーを見た。

「それが君の一番得意な誘い方なのかい？」

「マッサージのためよ」ジェニーは手を伸ばし、アレックスのシャツのボタンをはずした。彼女の指が震えている気がしたが、顔を見ると落ち着き払った表情が浮かんでいたので、アレックスは自分の想像だったらしいと思った。「私がキャンドルを灯《とも》している間に、あなたはシャツを脱いでちょうだい」

「キャンドル？」彼はシャツを脱ぎながら、ベッドの横に数本のキャンドルと小さな瓶が置かれているのに初めて気づいた。「なぜそんなものが必要なんだい？」

「あなたがリラックスできる雰囲気を作ろうとしているのよ」

ジェニーはキャンドルを灯し、明かりを消した。

リラックスするだって？

アレックスは信じられない思いでジェニーに目を向け、彼女は本当に自分がなにをしているかわかっていないのだと悟った。自分はリラックスする雰囲気を作り出していると、彼女は本気で思っている。だが、実際に彼女が作り出しているのは誘うような雰囲気だった。

薄暗い部屋、いい香りのオイル、ベッドにいる半裸の男……。

アレックスはリラックスするどころか、抑えこんだ欲望のせいで全身が震えていた。

肘をついて体を起こし、彼はジェニーがバスルームからタオルを取ってくるのを見守った。

彼女はその一枚を彼の横に広げ、はにかんだ笑みを浮かべた。

「ズボンを脱いだほうがいいかもしれないわ。もし眠ってしまったら、そのほうが楽でしょうから」

こんな気分で眠ってしまうはずがないし、ズボンについては……少なくとも、そのおかげでジェニーに対する反応を隠すことができているのだ。

にもかかわらず、気がつくとアレックスはズボンを下ろしていた。

ジェニーは両手でオイルを温めている。「それじゃあ、うつ伏せになって。風邪をひかないように下半身にタオルをかけるわ」

アレックスは歯をくいしばり、言われたとおりにした。そして、目を閉じてどうでもいいことや退屈なことを考えようとした。

だが、ジェニーの手が肌に触れた瞬間、彼はうめき声をあげた。もし彼をリラックスさせようとしているなら、彼女は完全に間違った方法を選んでいた。これではリラックスなどできるはずがない。

ジェニーの手はなめらかに彼の体をすべり、彼のよこしまな空想に火をつけた。

彼の肩をマッサージし、それからゆっくりと背中をもんでいく。彼女の手がさらに下に移動すると、彼は再びうめいた。

ジェニーは手をとめた。「痛い?」

アレックスは顎をこわばらせて目を閉じ、仰向けになった。「もうやめたほうがいいと思うよ」

ジェニーは困惑して眉をひそめた。「でも……」

アレックスは目を開けた。その瞳に浮かぶ感情に気づいたらしく、彼女は鋭く息を吸いこんだ。

「逃げるんだ、赤ずきんちゃん」ジェニーの顔を見つめ、彼は静かに言った。「今のうちに」

しかし、ジェニーは黒っぽい瞳でこちらを見つめたまま、動くことができないようだった。

アレックスは歯をくいしばり、彼女の体を引き寄せたい衝動と闘った。

「行くんだ、ジェニー」彼はしわがれた声で言った。「頼むから行ってくれ」

「でも……」

小声で悪態をつきながら、アレックスは手を伸ばしてジェニーを引き寄せ、その上におおいかぶさった。彼女がキャンドルに火をつけた瞬間からずっと、こうしたくてたまらなかった。

あるいは、もっと前からかもしれない。

「君は逃げるべきだったんだ、赤ずきんちゃん。チャンスがあるうちにね」

ジェニーは呼吸を荒らげてアレックスを見あげた。

「逃げたりできないわ」

「だが、そうするべきだった」彼は片手を上げてジェニーの髪留めをはずし、なめらかなその髪に指を差し入れた。「僕を押しやってくれ、ジェニー」

彼の燃えるような視線に魅了され、ジェニーはなすすべもなく彼を見あげた。「無理よ」

アレックスはジェニーの唇にかすめるようなキスをした。張りつめた体を甘い興奮が貫き、彼はうめき声をもらした。「僕は君を傷つけてしまう」

「そんなことないわ」

唇の下でジェニーの舌が動くのがわかり、アレックスは自制心を保とうとする努力を完全に放棄した。

彼はジェニーの唇にそっと唇を押しつけ、舌を差し入れて彼女の口を開かせた。そして、片手を彼女の髪に差し入れたままキスを深めていった。

彼女がキスを返してくると、アレックスの血管を勢いよく血が駆けめぐった。

さらに高まる欲望を感じつつ、アレックスはもう片方の手を下に下ろしていった。そして、親指でやさしく胸の蕾《つぼみ》に触れると、ジェニーが小さく声をもらした。彼は片手を彼女のTシャツの下にすべりこませ、手際よくブラジャーのホックをはずした。そして、ようやくキスをやめて顔を上げた。

ジェニーは顔を紅潮させ、信頼しきった目で彼を見あげている。

ここでやめるべきだと、アレックスはわかっていた。

そして、実際にそうするつもりだった。

そのときジェニーが深く息を吸いこみ、アレックスの指が彼女の胸の蕾をかすめた。

もう自分を抑えきれず、アレックスは彼女のTシャツをまくりあげて胸をあらわにした。それから身をかがめ、ピンク色の蕾に舌で触れた。

ジェニーはあえぎながら彼の名前を呼び、肩にしっかりとしがみついた。

アレックスは完全に自制心を失い、再びジェニーと唇を合わせた。今度は片手を下に向かってすべらせていき、彼女のスカートの裾《すそ》にたどり着いてそれを引きあげた。彼の手は彼女の腿の内側をすべるように動き、シルクのパンティの中に入りこんだ。

「アレックス……」ジェニーがかすれた声で言ったので、彼は手をとめてかすかに頭を上げた。

「やめてほしいかい？」

「いいえ……ええ……」ジェニーは目を閉じ、哀れっぽく言った。「わからないわ。だって私は今まで……一度も……」

彼女はバージンなのだ。

アレックスは体を回転させて彼女の上から下りた。そして目を閉じ、必死に興奮をしずめようとした。

「アレックス？」ジェニーがささやくような声で言ったので、彼はため息をついて目を開けた。

「僕は逃げろと言っただろう」

「でも、私は逃げたくなかったのよ」

「いや、君は逃げるべきだった」アレックスは体を起こし、すばやくベッドから下りた。「僕は君にふさわしい男ではない。それは君もわかっているはずだ。僕たちはこんなことを始めるべきではなかった」

「でも……」

「ジェニー、僕は君が最初にここに現れた日に非難したとおりの男だ」アレックスは荒々しい口調で言った。「あれからなにも変わっていない」

「違うわ。ここにやってきたとき、私はあなたをよく知らなかった。だから……」彼女はそこで言葉を切り、唇を噛んだ。「ひどいことを言ってしまったけど、それはあなたを知る前だったからよ」

「僕は君が思っていたとおりの人間さ、ジェニー」

ジェニーは首を振った。「あなたはすばらしいドクターよ。それに、デイジーにもとてもよくしてくれる。きっと立派な父親になるわ」

アレックスは長い指で乱れた髪をかきあげた。

「僕はひどい父親になるに決まっている。だから人と深くかかわりたくないんだ」

ジェニーは彼を見た。「なぜ？」

自分に向けられた視線に気づき、アレックスは小声で悪態をついた。ジェニーは僕を変えられると思っている。だが、そもそもの問題は女性たちにではなく、僕自身にあるのだということを彼女はわかっていない。

「それが僕のやり方だからさ」ジェニーの瞳に傷ついたような色が浮かぶのを見て、アレックスは自分を呪《のろ》った。だが、こう言うより仕方がなかった。

「僕は君のような女性とはベッドをともにしないんだ」

「私がブロンドじゃないから？」

ジェニーは弱々しく冗談を言ったが、アレックスの緊張はやわらがなかった。「君はただのセックスはしないからさ。だが、僕が与えられるのはそれだけだ」

「私を恐れる必要などないわ」彼女が静かに言ったので、アレックスは皮肉っぽい笑みを浮かべた。

そのやさしい思いやりと穏やかな性格のせいで、彼女は僕の人生にとって最大の脅威となっている。

明日にも弁護士をせっついて、早くデイジーの問題を解決させよう。そうすればジェニーを僕の人生から追い出せる。

二人とも傷つくような事態に陥ってしまう前に。

アレックスは唐突に会話を中断し、バスルームに向かった。そして、鍵《かぎ》をかけて冷たいシャワーを全開にした。

ジェニーはぼんやりとバスルームのドアを見つめていた。

アレックスは私を拒んだ。

だが、それは驚くことではない。彼がいつもつき合っている女性たちと、どうして私が張り合えるだろうか？

女子学生のような自分の反応に困惑しつつ、ジェニーは彼のベッドを下りた。明日の朝、いったいどんなふうに彼と顔を合わせたらいいのだろう？

すべては私のせいだ。アレックスの体をマッサージしようなんて、私はなにを考えていたのだろう？彼がシャツを脱いでたくましい胸をあらわにした瞬間、私は自分の間違いに気づいたが、もう手遅れだった。

それに、二人の間に起きた化学反応はどんな分別も吹き飛ばすほど強烈だった。たとえどんな警告を受けたとしても、私はアレックスとキスするのをやめられはしなかっただろう。

ジェニーは静かに自分の部屋に戻り、目を閉じた。

すると罪悪感がこみあげてきた。アレックスはクロエをひどく傷つけた男性だということを、どうして私は忘れたりできたのだろう？

もし私がバージンであると彼が気づかなかったら、私たちはどうなっていただろうか？

きっと愛し合っていただろう。

だが、そこに愛はない。それは単なるセックスであり、彼が言ったように、私はそんなものには興味はない。

あるいは、本当はそうではないのだろうか？

今まではそうだったが、もしあのときアレックスが鉄のような自制心で体を離さなかったら、私は彼に導かれるままどこまでも突き進んでいただろう。

ジェニーはキッチンのテーブルにつき、アレックスが現れるのを恐れつつデイジーに食事をさせていた。

大きな過ちから二人を救ってくれたことに対し、アレックスに感謝するべきだとは思ったが、今のジェニーは自分を求めていない男性に身を投げ出してしまったという屈辱から逃れられなかった。

これから二人はどうなるのだろう？

だが五分後、キッチンに入ってきたアレックスには当惑しているようすなどまったくなかった。

彼は自分に身を投げ出す女性に慣れているに違いない。ジェニーはみじめな気持ちでそう思った。

アレックスは腰を下ろすと、コーヒーをついで焼きたてのロールパンに手を伸ばした。

ジェニーは断固として彼の方を見ないようにしていたが、彼がこちらを見ているのはわかっていた。

「おはよう」その声は静かで、とても男らしかった。

どうすればあんなふうに落ち着いてふるまえるのだろうと絶望的な思いに駆られながら、ジェニーはスプーンをデイジーの口に持っていく手が震えないように努めた。

「おはようございます」彼女はアレックスの方を見ずに答えた。それから短い沈黙が流れた。

「いつかは僕の方を見なくてはならないんだよ、赤ずきんちゃん」ついにアレックスがつぶやいた。

「ただのキスじゃないか。恥ずかしがる必要などない」

ただのキス？

昨夜の出来事をそんなふうに簡単に片づけているとしたら、それが彼にとってなんの意味も持っていなかったということだ。もちろんジェニーもそうだろうと思ってはいた。昨日の出来事を終わらせたのは彼のほうで、私は続けてほしいと懇願していたのだから。

再び恥ずかしさがこみあげてきて、ジェニーはアレックスが早く仕事に出かけてくれればいいのにと思った。

だが、彼はまだ出かけないようだったので、ジェニーは無理やりデイジーに注意を戻した。

やがてアレックスがもどかしげにため息をついた。

「いいかい、ジェニー。僕は……」

「お願い、なにも言わないで」ジェニーはあわてて立ちあがった。「そのことは話したくないの」そしてデイジーを幼児用椅子《ハイチェア》から持ちあげ、しっかりと抱き締めた。「みんな私のせいよ。ごめんなさい」彼女は勇気を奮い起こしてついにアレックスを見た。

「あなたにばかげたマッサージをしたのは私だし、それに私は……思ってもみなかったの。まさかあなたが……」彼女は言葉を切って唇を噛み締め、自分の内気さを呪った。ほかの人はみんな平気でセックスの話をするのに、なぜ私はそうできないのだろう？「つまり、ゆうべのキスは全部私のせいだったのよ。どうか、途中でやめたことであなたが私の感情を害したなんて思わないで。あなたはクロエの恋人だったのだから、私はあんなことをするべきでは――」

「僕はクロエの恋人ではなかった」アレックスはいらだたしげにさえぎった。「それに、ゆうべ君と僕の間に起きた出来事とクロエはまったく関係ない」

「私は今でもデイジーがあなたの子だと信じているわ。ただ一つ変わったのは、あなたは私が最初に思っていたような人ではなかったということよ。誤解していてごめんなさい」

アレックスはテーブルを指でこつこつとたたいた。

「君は僕を誤解してなどいなかった。僕は酒を飲みすぎるし、パーティに出て派手に遊びまわっているし、女性の気持ちに無頓着《むとんちゃく》だ。それに、三カ月以上一人の女性とつき合ったためしがない」

ジェニーは無理やりほほえんだ。「少なくとも、私はあなたに朝食を食べることを教えたわ」

だが、アレックスは笑みを返さなかった。「君はもっと多くのことを教えてくれた」彼はジェニーの顔を見つめたまま、もの憂げに言った。「たとえば、僕に良心があるという事実をね。そして、その良心のおかげで君は今朝もまだバージンなんだ」

彼に事実を言い当てられてジェニーは屈辱を覚えたが、昨夜あんな反応を示したあとでは仕方がないと思い直した。

アレックスはコーヒーを飲みほした。「僕に近づかないほうがいいと君に警告しているんだよ、赤ずきんちゃん。ゆうべ狼《おおかみ》は君を逃がしたが、二度目もそうだとは限らない」

ジェニーの心臓は激しく打ち、ふいに口の中がからからになった。

では、彼は私に魅力があると思っているのだ。

二人の間に特別な結びつきを感じているのは、私だけではないのだ。

「僕も君がここを出ていくべきだと思う。もし君がこのままずっとこの家にいたら、きっと僕は君に手を触れずにはいられなくなるだろう」

「でも、私はなにもしてないわ」

「なにもする必要などない。古いTシャツを着てデイジーを風呂に入れていても、僕は君が欲しくなる。首から裾までボタンをかけたあのばかげた部屋着を着ていてもね。実のところ、君がなにを着ているかなんて、僕はまったく興味がない。僕の望みはそれをはぎ取り、君を僕のベッドに横たえ、セックスの喜びを伝えることだけだ。さあ、もう本音を話したんだから、君は逃げ出したほうがいい」

ジェニーは彼をじっと見つめた。彼女の呼吸は速くなり、頬が赤く染まっていた。

「アレックス……」

「僕は君にショックを与えてるかい、赤ずきんちゃん？」彼はなめらかな口調で尋ねた。

ジェニーはやっとの思いで言った。「私はショックを受けてもいないし、あなたがそんなに悪い人だと思ってもいないわ。今の私はあなたを知っている。あなたには人を思いやる一面があるということを」

「女性との関係では違う」アレックスがそっけなく言ったとき、ジェニーはふいに自分の問題を悟った。

私はデイジーのためにアレックスを追ってきたはずなのに、彼についてよく知った今、自分のために彼を求めているのだ。

私はアレックス・ウエスタリングを愛している。

その事実に呆然《ぼうぜん》とし、彼女は凍りついた。

「ええ、あなたの言うとおりよ」ジェニーはつぶやいたが、その唇はこわばっていた。「あなたは私にふさわしい男性ではないわ」

ある意味で、それは真実だった。アレックスにとって、女性との関係は純粋に肉体的なものでしかない。彼自身も何度もそう言っているではないか。

短い沈黙が流れたあと、アレックスがジェニーの目をじっと見つめて言った。「ジェニー――」

そのとき玄関の呼び鈴が鳴ってアレックスの言葉がさえぎられ、髭《ひげ》の伸びかけた彼の顎がこわばった。

「朝のこんな早い時間にいったいだれだろう？」

「私が出ましょうか？」ジェニーは心配そうにアレックスを見た。「もし記者だったら、あなたは留守だと言うわ」

アレックスは大声で笑い、ジェニーの頬を指でやさしくはじいた。「君は本当に世間知らずだな。美しい女性が赤ん坊を抱いて僕の家のドアを開けたら、記者がどう解釈すると思うんだい？」

ジェニーは目を見開いた。「それは考えなかったわ」

「幸い僕は考えた」アレックスは立ちあがり、キッチンの戸口に向かった。「君はここにいたほうがいい。万一に備えてね」

彼はそう言い残し、ドアをしっかりと閉めた。

ジェニーは力なくデイジーを見つめた。「ああ、デイジー。いったい私はどうして彼のような男性に恋をしてしまったのかしら？　私はもっと分別があると思っていたのに」

自分の気持ちをコントロールできないなんて、ジェニーにとって生まれて初めての経験だった。

アレックスは理想的な結婚相手だ。鋭い知性を持ち、途方もなくハンサムで、女性に我を忘れさせるほどキスがうまい。一緒にいて楽しいし、話を聞くのがとても上手だ。患者に親切で、仕事熱心なドクターでもある。デイジーが自分の子供だとわかれば、きっとすばらしい父親になるだろう。

ジェニーはあいているほうの手でキッチンを片づけていたが、ふいに女性の笑い声が聞こえ、その場に凍りついた。

今までアレックスの現在の恋人のことなど考えもしなかったが、もちろんそういう女性がいてもおかしくはない。

　ジェニーがふきんを落とし、デイジーをぎゅっと抱き締めたとき、ドアが開いてアレックスが入ってきた。片腕を美しい女性の肩にまわしている。彼女はブロンドで、ジェニーが見たこともないほど短いスカートをはいていた。

　ジェニーはなんとか笑顔を作ろうと努めた。

「こんにちは……ジェニーです」

「私はリビーよ」その女性は興味深げにジェニーを見てからデイジーに視線を移し、それからアレックスをちらりと見た。「あなたには私に話していない秘密がずいぶんたくさんあるようね」彼女は甘い声で言い、青い瞳をいたずらっぽくきらめかせた。「予告なしに、もっと頻繁にあなたのところに立ち寄ったほうがいいみたいだわ」

　アレックスはもの憂げに言った。「ジェニー、こちらは妹のリビーだ。彼女の質問には答えなくていいよ。彼女は記者よりたちが悪いんだ」

　妹？

　ジェニーにはどちらのほうがよりたちが悪いかわからなかった。アレックスがこの美しい女性とつき合っていると思いこんだときの苦しみと、そうではないとわかったときの激しい喜びに気づいたときのとまどいと。

　アレックスはコーヒーをつぎ、妹に渡した。「それで、いったいどういう風の吹きまわしだい？」

　リビーは笑った。「偶然通りかかったのよ」

　アレックスが眉をつりあげた。「どこをだい？ ここは通りの突き当たりだよ、リビー」

　リビーは肩をすくめた。「わかったわ。実は、アンドリアスがエイドリエンと一緒に数日間ギリシアに出かけたから、あなたのところを訪ねようと思ったの」そして、彼女はジェニーに笑いかけた。「エイドリエンはアンドリアスの姪《めい》で、十七歳なの」

アレックスは疑わしげに妹を見た。「それだけかい？」

リビーの目がいたずらっぽくきらめいた。「ケイティと私のところに最近あなたから連絡がないのは、ほかのことで忙しいからなんでしょう」

アレックスは天を仰いだ。「そうわかっているのに、僕がそっとしておいてもらいたがっているとは思わなかったんだね？」

「全然」リビーはにっこりした。「私たちは一晩泊めてもらうだけよ。じゃまはしないと約束するわ。海辺でのんびり過ごすだけだから」

ジェニーは困惑したように二人を見た。「私たち？」

「リビーは二人の娘を連れてきたらしい」アレックスはうんざりしたように言い、いらだたしげに妹を見た。「君はまず最初に電話をすることを覚えなくてはならない」

「なぜ？　私がなにかのじゃまをしているの？」

アレックスは少しためらってから言った。「いや。だが、子供部屋はもう使っているんだ」

リビーは一瞬、言葉を失ったようだった。「でも、ここにはだれも泊まらないはずでしょう」

「ジェニーはここに泊まっている。デイジーと一緒にね」アレックスはもどかしげに言った。「さあ、子供たちを車から降ろしたほうがいいよ、リブ」

「子供たちは眠ってるわ」リビーは兄に視線を向けたまま、ぼんやりとつぶやいた。「じゃあ、あの子たちが使う部屋はないってこと？」

ジェニーは急いで言った。「もちろん部屋はあるわ。子供部屋をみんなで使えばいいのよ。この子はデイジー。きっとお友達と一緒で喜ぶと思うわ」

「はじめまして、デイジー」リビーが赤ん坊の頬をくすぐると、デイジーは笑った。

「子供たちを連れてくるよ」

アレックスは二人の女性を残し、大股で部屋を出ていった。

「本当にじゃまをするつもりはなかったの」リビーは悔やむように言った。「全然知らなかったのよ。アレックスは決してここに女性を招かないから。もし彼があなたを招いたなら、あなたはとても特別な女性に違いないわ」

ジェニーは一瞬、目を閉じた。いったいリビーになんと言えばいいのだろう？

彼に招かれたわけでないとは言えない。まして、デイジーに対する認知を求めてここに居座っているなんて。

幸い、アレックスが両腕に二人の小さな女の子を抱いてすぐに戻ってきた。

二人は眠そうに彼に寄り添っている。彼は二人の黒い巻き毛にキスをすると、女の子たちをリビーに渡した。

「僕たちは仕事に行かなくてはならない。なにがどこにあるかはわかってるだろう」アレックスは皮肉っぽくほほえんだ。「勝手にくつろいでてくれなんて、言うまでもないな。じゃあ、またあとで」

「僕たち？」リビーが好奇心をあらわにして尋ねたので、アレックスはため息をついた。

「ジェニーは僕と同じ職場で働いてるんだ」

「それじゃ、あなたたちは職場で出会ったの？」

ジェニーは困ったようにアレックスを見た。

彼は目をくるりと動かした。「僕たちがどうやって出会ったかなんて、君の知ったことじゃない」

リビーはうめき、上の子の耳をおおった。「四歳の子供の前でそんな言葉を使わないで！」

「だったら、子供たちを予告なしに悪い伯父さんのところへなんか連れてこないほうがいい」アレックスは身をかがめ、女の子たちにキスをした。「じゃあ、またね。あとで海に行って砂浜で遊ぼう」

デイジーを託児所に預けるとすぐに、ジェニーはアレックスをさがしに行った。

　彼は治療室で怪我《けが》人を診ていた。

「細菌に感染していますね」アレックスはいつものようにきっぱりとした口調で言った。「抗生物質を出しましょう」彼はジェニーが戸口をうろついているのに気づいていったん言葉を切ったが、再び患者に注意を戻して指示を最後まで言いおえた。

　それからジェニーに近づいてきて、無表情のまま言った。

「僕のオフィスに行こう」

　オフィスに入るとジェニーは静かにドアを閉め、その前に立った。

「君も座ったほうがいい」アレックスはデスクの前の椅子にどさりと座り、目を閉じた。まだ体力が完全に回復しておらず、疲れているようだった。「君は僕の妹のことを話したいんだろう」

　ジェニーは唇を噛んだ。「私はただ、彼女になんと言えばいいかわからないのよ」

「なぜ妹になにか言う必要があるんだい？」

「彼女は説明してもらいたがるでしょう」

　アレックスは肩をすくめた。「僕は女性との関係を妹と話し合う習慣はない」

　ジェニーは顔を赤らめた。「私たちには関係なんてないわ」

　アレックスは彼女に奇妙な視線を向けた。「ああ。今のところはね」

　そのなめらかな口調を聞き、ジェニーは全身が熱くなるのを感じた。「今日、フラットをさがしてみるわ」彼女がかすれた声で言うと、アレックスはそっけなく笑った。

「ここは観光シーズン真っ盛りのリゾート地だ。だれかが荷物を置いていない砂浜をわずかでも見つけられたら、それだけで幸運さ」

「でも、あなたは――」

「ああ、僕は確かに君が出ていくほうが安全だと言った。だが、それは不可能なようだから、僕たちはもっと危険な方法でやっていくしかないだろう」

「どういう意味？」

「君は狼と暮らしつづけるってことさ」アレックスは身を乗り出し、彼女をじっと見つめた。「デイジーに関して真相がわかるまでね」

ジェニーは鼓動が速くなるのを感じつつ、彼を見つめ返した。「あの子はあなたの子よ、アレックス」

「君はずっとそう言っているが」アレックスの顎がこわばった。「僕たち二人のために、そろそろ事実をはっきりさせなくてはならないときがきたようだ」

8

ジェニーが先に家に戻ると、リビーがキッチンで子供たちに食事をさせていた。

ふだんは独身男性の住みからしく整然としている家の中は、女の子たちの楽園に変わっていた。あちこちに靴や服が脱ぎ散らかされ、キッチンはまるでミキサーを蓋《ふた》なしで使ったかのようだ。

「アシーナのせいなの」ジェニーの視線の先を追い、リビーが陽気に言った。「あの子はひどく散らかしながら食べるのよ。心配しないで。アレックスは慣れてるから。途中で片づけてもむだよ。私はいつもあの子が食べおわるまで待つの」

ジェニーはくすりと笑った。「きっとアレックスはあなたたちが泊まりに来るたびにショックを受けているんでしょうね」

「彼は黙ってウイスキーのボトルに手を伸ばすわ」リビーは皮肉っぽく言い、アシーナがパスタをつかんでテーブルにこすりつけるのを笑顔で見ていた。

「私の夫のアンドリアスも同じよ。彼は娘たちをとてもかわいがっているけど、タフガイ気取りの典型的なギリシア人で、おむつの向きさえわからないの。彼はとても腕のいい小児科医だというのに、おかしな話でしょう。でも、現実的なこととなるとまるでだめ。ちょっとアレックスに似ているわ」

アレックスには似ていない。

ジェニーはデイジーを幼児用椅子《ハイチェア》に座らせながら、アレックスがどんなに深くデイジーにかかわってきたかを知ったらリビーは心底驚くだろうと思った。

ジェニーが無理やりデイジーの世話を押しつけたあの晩以来、アレックスはよく手伝いをしてくれるし、赤ん坊と一緒に過ごすのを楽しんでいるように見えた。

「かわいい子ね」リビーは考えこむようにデイジーを見て言った。「いくつなの？」

「六カ月よ。アシーナはいくつ？」

「二歳になったばかり」リビーはしかめっ面をした。「ゾーイは四歳よ。二人の子供を育てるのは〝楽しい重労働〟といったところね。私は以前小児科病棟で働いていたんだけど、いったいどうやって二十四人もの小さな患者たちの世話をしていたのかわからないわ。自分の子供だと二人でも大変なのに。幸い、夫が家にいるときは手伝ってもらえるの。だから私はアンドリアスが留守だとアレックスのところへ駆けこむのよ。自分一人ではどうにもならないから」

「かわいい子供たちね」愛し合う両親がいるなんて本当に幸せな子供たちだと、ジェニーは思った。デイジーにはそれは決して手に入らない。

「二人ともひどく甘やかされてるわ」リビーは寛大にほほえんでから、瞳をいたずらっぽくきらめかせた。「さて、そろそろアレックスのことをなにもかも話してちょうだいな」

ジェニーは緊張した。「話すことなんてなにもないわ」

「まあ、やめて」リビーは靴を脱いで椅子の上に座った。「兄は今までこの家に女性を招いたことが一度もないのよ、ジェニー。なぜあなたが例外なのか知りたいわ」

リビーは唇を噛《か》み締めた。「それは……その……」

「彼女の知ったことじゃない」戸口から不機嫌そうな低い声が聞こえた。「やめてくれ、エリザベス」

その口調には明らかな警告が含まれており、リビーは口をとがらせた。

「あなたって本当に気むずかし屋ね。なぜあなたの家を訪ねてくるのか、自分でもわからないわ」

「夫が留守で、アシーナに自分の家のキッチンをめちゃくちゃにされたくないからだろう」アレックスはのんびりとキッチンに入ってくると姪《めい》の前で立ちどまり、眉間《みけん》にしわを寄せた。「僕の家の壁を射撃練習に使うのはやめてほしいな、お嬢さん」

アシーナはうれしそうに笑い、べたべたした両手を彼の方へ伸ばした。「だっこ……」

その手から安全な距離を保ちながら、アレックスはアシーナの頭にキスをした。「僕は女性がトマトソースだらけの間は抱き締めないことにしているんだ。ママが君をきれいにしてくれてからね」そして、彼はゾーイの隣に腰を下ろした。「やあ、ゾーイ。元気かい？」

「元気よ、アレックス伯父さん」女の子は彼に向かってほほえんだ。「海辺に行けるの？」

「もちろんさ」アレックスはリビーの方をちらりと見て片眉を上げた。「それでいいかい？」

リビーはほほえんだ。「いいわよ。みんなで行きましょう。それともデイジーはだめかしら？」

「この子は海辺が大好きなの」ジェニーは言い、立ちあがった。「ミルクを用意するわ」

リビーも立ちあがり、アシーナを椅子から持ちあげた。「あなたは少しでもなにか口に入れたのかしら？大部分がお尻にくっついてるみたいよ」

「狙《ねら》いがまったく定まっていない」床や壁についた食べ物を見て、アレックスは言った。「アシーナは自分の口がどこかわかっていないんだろう」

リビーは笑いながらアシーナの顔と手をふきんでふいた。「チョコレートのときはわかるのよ」

アレックスは目をくるりと動かし、冷蔵庫からビールを取り出した。それからやさしくからかうような目でちらりとジェニーを見た。

ジェニーは顔を赤らめ、恥ずかしそうにほほえんだ。酒を飲むことをこの場で叱《しか》ってみるがいいとアレックスが言っているのはわかったが、彼女はそんなことをするつもりはなかった。かわりに彼女はビール瓶に向かって手を伸ばした。

「デイジーのバッグに入れていいわよ」ジェニーが穏やかに言うと、アレックスはしぶしぶほほえんだ。

「私の分も一本入れておいて」アシーナの体にもうトマトのしみがついていないか確かめながら、リビーが言った。「さあ、きれいになったわ」

「きれい？」アレックスは姪を見て片眉をつりあげた。「君は本気でそれをきれいと言ってるのかい？」

「アシーナにとってはきれいなの」ゾーイがまじめに言うと、アレックスは笑って彼女を抱きあげた。

「そうだろうね、スイートハート。さて、海辺でなにをしようか？」

「崖《がけ》のそばに行って、洞穴で遊んでもいい？」

アレックスはうなずいた。「おもしろそうだな」

ジェニーは二人を見て胸がいっぱいになった。

自分はいい父親にならないなんて、アレックスはなぜ思うのだろう？　彼はきっとデイジーの完璧《かんぺき》な父親になるだろうに。デイジーが自分の子供だという事実を断固として否定しなければの話だが。そういえば、昼間弁護士から連絡はあったのだろうか？　アレックスが赤ん坊の父親である可能性が高いと弁護士が確認したら、彼はどうするだろう？

もちろん私は出ていかなくてはならない。

一緒に住みつづけることはできないのだから、彼が今後も定期的にデイジーと会えるように、なにか取り決めをしなくては。

そして私は……ときどきしか彼に会えなくなる。

ジェニーは胃の中に鉛の固まりを詰めこまれたような気分になった。ここを出ていくことを考えると、想像以上に心がかき乱された。

私はアレックスを浅はかなプレイボーイだと思いこんできたが、実際の彼は信じられないほど複雑な人間だった。

表面的には、洗練されていて、決して他人に支配されない究極のミスター・クールであり、確かに悪い評判どおり奔放な一面もある。だが、その下に隠されているものもたくさんあった。彼はすばらしい頭脳と鋭いユーモアセンスの持ち主で、困っている人に対してはとても思いやりがある。お金目当てで近づいてくる人やマスコミに対しては容赦ないが、だれがそれを非難できるだろう？

ジェニーはアレックスの女性関係についてさえ寛容に考えはじめていた。彼はイギリスでも屈指の金持ちの家に生まれた、途方もなくハンサムな男性だ。次々に新しい恋人が現れても不思議ではない。

だが、アレックスは子供を持つことに対して辛辣《しんらつ》な意見を口にしつつ、実際は子供をとてもかわいがっている。

それなのに、なぜ彼は身を固めるのをあんなにかたくなに拒むのだろう？

　もう夕方近いというのに、海辺にはまだたくさんの人がいた。一同はやっとゾーイが探検したがっている洞穴の近くにあいている場所を見つけた。

　リビーは砂の上に腰を下ろしてアシーナにバケツとシャベルを与え、ジェニーはデイジーを膝に抱いてミルクを飲ませた。

　アレックスはゾーイの手を取り、さっそく洞穴の中に入っていった。

「ケイティと私はいつも言ってたの。アレックスは、結局小柄で黒い髪の女性と一緒になるだろうって。彼はいつもブロンドの女性ばかりとつき合ってきたけれど」

「リビー、私たちはつき合っているというわけではなくて……」

「でも、なにかが起きているわ」リビーは穏やかに言った。「この三十四年間、アレックスがあんなふうに女性を守ろうとするのは見たことがないもの。ほんの少しでも厄介な状況になると、彼は急いでやってきてあなたを救っているわ」

　ジェニーは眉をひそめた。「私たちは本当に――」

「ジェニー」リビーは辛抱強く言った。「あなたが彼に恋しているのはわかってるわ。彼を見るたび、あなたの目は明るく輝いている」

　ジェニーはぎくりとしてリビーを見た。そして、本能的に否定しようとしたが、次の瞬間、たぶんそんなことをしてもむだだろうと悟った。

「アレックスは気づいてると思う？」洞穴の方をちらりと見て、ジェニーはかすれた声で尋ねた。

「たぶんね。でも、それのなにが問題なの？　彼だって明らかにあなたに夢中なのに」

　彼が私に夢中ですって？

　ジェニーは首を横に振った。「いいえ、そんなことはないわ」

アレックスがどういうわけか私に惹《ひ》かれているように見えるのは事実だが、それは彼にとって私が珍しい女性だからだとジェニーはわかっていた。

リビーはジェニーの目を見て言った。「どうなっているのか話してくれない？」

アレックスをよく知っているだれかに事情を打ち明けたい気持ちは強かったが、ジェニーは首を横に振った。

デイジーのことは私とアレックスの問題だし、アレックスがデイジーに対する責任を認めるまでは、ほかの人に話したくない。それに別の問題――アレックスと私の関係については、まったくなにも起きてはいないのだ。

リビーは同情するようにジェニーを見た。「慰めになるかわからないけど、彼は今まで出会った女性たちとは違うやり方であなたを扱っているわ」

アレックスがこれまでつき合ってきた女性たちのことを考えるのはつらかったので、ジェニーはデイジーに注意を集中した。

やがてデイジーがミルクを飲みおえ、ジェニーとリビーが気ままなおしゃべりに興じていると、アレックスが興奮したゾーイと一緒に戻ってきた。

「洞穴に入っていったら、中は真っ暗だったの」ゾーイは声をひそめて言った。「アレックス伯父さんが怖がるから、私が手を握ってあげなくてはならなかったわ」

リビーは声をあげて笑った。だが、次の瞬間はっと息をのんで首に片手をやり、肌にとまっていた巨大な蜂《はち》を払った。

顔を蒼白《そうはく》にして勢いよく立ちあがると、リビーはパニックの浮かんだ顔で兄を見た。「刺されたわ」

アレックスは険しい表情になって妹のそばに駆け寄った。「ジェニー、救急ヘリを呼んでくれ！　過敏性ショックの患者がいると伝えるんだ」彼は妹の肩をつかみ、せっぱつまった口調で尋ねた。「どこだ？　どこを刺された？」

　数秒間、ジェニーはわけがわからず立ち尽くしていたが、そのあとバッグの中から携帯電話を取り出し、緊急番号を押した。なにが起きたのかわからなかったが、アレックスがそう言うなら救急ヘリが必要なのだろう。

　ジェニーが携帯電話をバッグにしまったとき、ゾーイが彼女の手をつかんだ。怯《おび》えた目をしている。

「ママは蜂アレルギーなの」ゾーイは震える声で言った。

　蜂アレルギー？

　ジェニーはぎくりとしてアレックスの方を見たが、彼は全神経を妹に集中していた。

「どこを刺されたんだ、リブ？」

「首よ」リビーの顔は青白く、アレックスは彼女の頭を傾けて皮膚を調べた。

「針がまだ刺さっているな」

「取って！　アレックス、取ってちょうだい！」リビーは今や苦しげにあえいでいた。彼は指で針をえぐり、なんとか取り除いた。

「取れたよ。アドレナリンを持っているね？」リビーはうなずき、片手を喉のところに持ちあげた。

「ああ、始まったわ。感じるの。息ができないわ、アレックス。ああ、息ができない」

　リビーはあえぎ、むせび泣きはじめた。アレックスは彼女を抱きあげ、敷物の上にそっと横たえた。

「大丈夫だ、僕がここにいる」その声はしっかりしていたが、リビーのバッグに伸ばした彼の手がかすかに震えているのにジェニーは気づいた。彼は顎をこわばらせ、バッグの中身を敷物の上にぶちまけた。

「もうすぐよくなる。だから落ち着くんだ」

「喉が……」リビーの声はひどくかすれていた。

「大丈夫だ、リブ……僕がここにいる。ジェニー、アドレナリンを見つけるんだ。急いでくれ！」

事の重大さを悟って恐怖に圧倒されながら、ジェニーはひざまずいてリビーのハンドバッグの中身をかきまわした。手がひどく震えてなにもつかめない。何本もの口紅、手帳、チョコレートの包み紙……だが、ついに彼女の指がアドレナリンの入った注射器を握った。

リビーの顔は急速に腫《は》れてきていた。彼女は絶望的な目で兄を見あげた。「私を死なせないで！　死なせないで、アレックス」

「君は死なない」アレックスはなだめ、ジェニーに向かって指を鳴らして彼女をせかした。

ジェニーは注射器を彼の手に押しつけた。彼は息を吸いこみ、即座にリビーの太腿に針を刺した。

「君は死なないよ、リビー。僕が約束する」

ジェニーはただ二人を見守るしかなかった。

リビーの症状がどんなに深刻かは、アレックスの蒼白な顔を見るまでもなくわかった。

「アレックス伯父さん……」ゾーイの声は震えていた。「ママはどう？」

ジェニーは思わずゾーイを抱き寄せた。

「ママはよくなるよ」アレックスはきっぱりと言ってゾーイにほほえみ、ジェニーに視線を移した。「子供たちを向こうへ連れていってくれ」彼の声は驚くほど落ち着いていた。「あの家族に頼んで、少しの間子供たちを見ていてもらおう。それからここに戻ってきてくれ。君の助けが必要になる」

ジェニーは言われたとおりにした。そして、急いでアレックスのところに戻ったときには、リビーはほとんど意識がなく、ひどく苦しげに息をしていた。

アレックスはリビーを必死に励ましていたが、彼の肩は固くこわばっていた。

「アドレナリンが効いていない」彼はつぶやいた。

「もう一度彼女のハンドバッグの中をさがして、ヒドロコルチゾンがないか見てくれ。両方持っているようにと言ってあるんだ」

　どうかリビーが兄の忠告に従っているようにと願いつつ、ジェニーは口紅や鏡やマニキュアやリボンをかき分け、ついにヒドロコルチゾンのアンプルと注射器を見つけた。

「あったわ！」

「薬を入れてくれ」アレックスはリビーの気道を確保しながら命じた。

　ジェニーは指示に従い、注射器を彼に渡した。

「僕は手が離せないから、君にやってもらわなくてはならない。リビーは止血帯を持ち歩いている。それを腕につけて血管を見つけ、注射を打ってくれ」

　ジェニーはふいに自分はアレックスの指示どおりのことができないのではないかと恐ろしくなった。

　設備の整った病院の救急医療室で仕事をするのと、海辺で救命活動をするのはまったく違う。とくに、相手が知り合いの場合は。

　ジェニーは手が震えるのを感じつつ止血帯を締めた。そのとき遠くからヘリコプターの音が聞こえてきた。

　アレックスは集まってきた人たちに向かって声を張りあげた。「ヘリコプターが着陸できるように、砂に〝X〟と書いてくれ！」

　ジェニーはリビーの腕に意識を集中した。「この血管がよさそうだわ」

「じゃあ、そこへ打とう」アレックスが目を上げた。

「君ならできる」

　ジェニーはごくりと唾《つば》をのみこみ、注射器を取りあげた。そして、針を血管に刺した。

「いいぞ。薬を注入して……そうだ」

　彼女が注射器を抜いたとき、救急隊員が酸素を持って駆けつけてきた。

アレックスはそれをつかみ、リビーの口と鼻をマスクでおおった。「もっとアドレナリンを頼む」彼はすばやく命じた。「すでに一回分与えたが、効果がなかった。もしこれが効かなければ、喉に挿管しなくてはならない」救急隊員がアレックスに注射器を渡し、彼はリビーにもう一本アドレナリンを注射した。「目を覚ましてくれ、スイートハート」彼はからになった注射器を捨て、震える手で妹の額にかかった髪を払った。

まるで彼の声に反応するかのようにリビーが目を開け、吐き気を催しはじめた。

アレックスは息を吐き出し、すぐにリビーを横向きにした。「大丈夫だ。僕がここにいるから」

ふだん自信に満ちている彼の声が震えているのに気づき、ジェニーは涙がこみあげるのを感じた。彼はだれも愛せない人なのではないかという疑いは、今や完全に消え去っていた。妹に対する彼の愛情はだれの目にも明らかだった。

アレックスは真っ青な顔で救急隊員の方を見た。

「僕も一緒に行くが、前もって病院に電話をして、蜂に刺されてアナフィラキシー・ショックを起こした重症患者を運んでいくと伝えておいてくれないか?」

それからアレックスはリビーに注意を戻した。彼女は口と舌のまわりの腫れがわずかに引き、意識が戻ったようだった。

「アレックス……」

「大丈夫だよ」アレックスはしわがれた声で言った。「だが、君のおかげで僕たちはまったく肝をつぶした。今度こんな目にあわせたら、僕が自分自身の手で君の首を締めてやる」

とはいえ、妹を見守る彼の目には深い愛情があふれ、手は妹の手をしっかりと握っていた。

リビーはしばらくなにも言わなかったが、再び口を開いた。「娘たちは……」

「私が引き受けるわ」ジェニーは急いで言い、アレックスの肩にやさしく片手をのせた。

救急隊員がストレッチャーを持って戻ってきた。

「僕は妹についていなくてはならない」アレックスが言ったので、ジェニーはうなずいた。

「もちろんよ。必要なだけそばにいてあげて」

アレックスはジェニーに向かって疲れきったようにほほえんだ。「君に三人の子供を押しつけることになってしまうな、赤ずきんちゃん」

ジェニーは穏やかな笑みを浮かべた。「大丈夫よ」

アレックスはすばやくリビーのそばに戻り、砂浜を横切って待機しているヘリコプターに向かう途中も、妹に話しかけつづけていた。

ヘリコプターが離陸すると集まっていた人々も散っていき、ジェニーは子供たちを預かってくれた家族のところへ行って礼を言った。

「ママは死んじゃうの?」ゾーイが唇を震わせながら大きな目でジェニーを見た。

「いいえ」ジェニーはかがみこんでゾーイを抱き締め、自分の目にも涙がこみあげるのを感じた。「アレックス伯父さんがママを楽にしてくれたわ。でも、もう少し治療をするために病院に行ったのよ」

ゾーイはまじめな顔でうなずいた。「アレックス伯父さんはとても賢いと、ママもパパも言ってたわ。だから決してママを死なせたりしないわね」

ジェニーは頬の涙をぬぐった。リビーが死ぬなんて考えたくもなかったが、さっきはもう少しでそうなるところだったのだ。

やがてジェニーは子供たちに対する自分の責任を思い出し、なんとか笑顔を作った。「ええ、彼はとても賢いわ。さて、私たちはこれから家に帰って、お風呂で楽しいゲームでもしましょうか?」

9

アレックスがようやく帰宅したのは、夜中の二時ごろだった。

子供たちは子供部屋でぐっすり眠っており、ジェニーは自分のベッドで本を読んでいた。

階段をのぼるアレックスの足音が聞こえた瞬間、ジェニーは本を置いて息をとめた。彼女は知らせを待ちあぐねていたが、病院に電話をして彼のじゃまをしたくなかったので我慢していたのだった。

アレックスはジェニーの寝室の入口で足をとめた。

「君は眠っていると思ったよ」

「リビーのことが心配で」彼女は震える声で言った。

「それに子供たちのようすも気になっていたの。とくに、ゾーイのね。彼女は母親が深刻な容体だと理解しているようだから」

薄暗い中でアレックスの瞳が奇妙な光を放った。

「君は親切ないい人だな、赤ずきんちゃん」

「海辺では自分がまったくの役立たずに思えたわ」

「そんなことはない」アレックスはぶっきらぼうに言った。「君はよくやってくれたよ」

ジェニーの目に涙があふれた。「とても恐ろしかった」

アレックスが腕を差し出したのでジェニーはその中に入り、彼のがっしりした温かい胸に頬を当てた。

「リビーはどう?」

「重体患者のリストからははずれたようだ」アレックスの顔にまだ緊張の色が浮かんでいた。「だが、アレルギー反応は長引くことがあるから、少なくとも二十四時間は入院させるつもりだ。アンドリアスは今こっちに向かっている。朝には着くだろう」とリビーは唇を噛《か》み締めた。「あなたは彼女の命を救ったわ」

アレックスはおかしくもなさそうに笑った。「あいにく、これが初めてではないんだ。以前にも同じようなことがあった。それまで僕たちはリビーが蜂《はち》アレルギーだなんて知らなかったから、彼女が倒れたときはもちろんなにも持っていなかった。アドレナリンもなにも。本当にきわどい状況だったんだ」

ジェニーは片手でやさしくアレックスの頬に触れた。「あんなふうに妹さんが倒れるのを見てどんな気持ちになったか、私には想像もできないわ」

「一生忘れられないよ」アレックスは疲れきったようにつぶやいた。

「なにか持ってきましょうか？　ウイスキー？」

アレックスは静かに笑った。「本当に僕にウイスキーをついでくれると言ってるのかい？」

ジェニーはためらいがちにほほえんだ。「あなたはリラックスする必要があるわ」

アレックスは彼女の目をじっとのぞきこんだ。「君の教えてくれたほかの方法でリラックスしたいと言ったら？」

彼のまなざしにジェニーは息をのみ、足が震えるのを感じた。「どんな方法を考えてるの？」

アレックスはしばらくためらっていたが、やがてうめき声をもらすとジェニーを強く抱き寄せた。

ジェニーは息をとめ、高まる期待のせいで肌がうずくのを感じながらキスを待った。だが、彼は謎《なぞ》めいた表情でじっとこちらを見ているだけだった。

「君はとてもやさしくて、親切だ」アレックスはしわがれた声でつぶやいた。「僕にはまったくふさわしくない」

耳元で血管が激しく脈打ち、ジェニーの体はとろけそうになった。「そんなことないわよ」

アレックスはジェニーの顔にかかった髪を払い、

彼女の目をじっと見つめた。「僕は君と深い関係を持つことはできない」

「わかってるわ」

「それじゃあ、なぜ逃げ出さないんだい？」

「あなたを愛しているからよ」ジェニーが簡潔に言うと、アレックスは目を閉じてうめいた。

「ジェニー……」

「いいのよ」彼女はささやいた。「私はあなたになにも求めていない。ただあなたに正直な気持ちを打ち明けたかっただけよ。あなたが私を愛していないのはわかっているし、あなたにそんなことを期待してもいないわ」

ふいにジェニーはクロエとアレックスの関係などどうでもいいという気がした。彼と一緒にいられればそれでいいと。

今夜だけは、二人は一緒に過ごすべきなのだ。

アレックスは目を開けた。「君は自分がなにを言っているかわかっていないんだ」

「いいえ、よくわかってるわ」

アレックスは大きく息を吸いこむと身をかがめ、ジェニーの額に自分の額を押しつけた。薄いTシャツを通してくいこむ彼の指の感触を感じ、ジェニーはこみあげる激しい興奮に圧倒されそうになった。

「子供たちが……」

「当分は目を覚まさないよ」アレックスは小声で言い、ジェニーの首に向かって唇を這《は》わせていった。

「アレックス……」ジェニーはあえぐようにつぶやいた。足に力が入らず、立っていられないのではないかと心配になったが、アレックスが軽々と彼女を抱きあげてくれた。彼は自分の寝室にジェニーを連れていき、そっとベッドに横たえてその上におおいかぶさった。

そして、頭を下げて彼女にキスをした。

アレックスの唇はやさしくジェニーをじらした。

彼女が息を切らして口を開くと、アレックスは舌を深く差し入れてきた。ジェニーは身を震わせて彼の肩にしがみついた。彼はわずかに体を離して服を脱ぎ去り、続いてジェニーのTシャツを脱がせた。それから胸にやさしく触れた。

やがてアレックスはキスを中断し、彼女の胸がよく見えるように体の向きを変えた。

「私は本当に胸が小さいの」ジェニーが弱々しく言うと、アレックスは彼女の目をじっと見つめてかすれた声で言った。

「君はどこから見ても美しいよ。それに、とてもすばらしい胸をしている」

ジェニーは横たわったまま、アレックスの表情に目を奪われていた。彼は本気で言っている。そう思うと、彼女は今まで感じたことがないほど女らしい気持ちになった。

アレックスがジェニーの胸に向かって顔を近づけたので、彼女の下腹部がかっと熱くなった。彼は巧みな舌の動きで片方の蕾を刺激し、指でもう片方の蕾《つぼみ》をもてあそんだ。

全身が激しい欲望に燃えあがり、ジェニーは身もだえしながらアレックスの髪をつかんだ。

「アレックス、お願い……」

「なにをだい？」

「あなたに……」ジェニーは自分があまりにも恥ずかしい言葉を口にしようとしているのが信じられず、口ごもった。「私に触れてほしいの……お願い」

アレックスはジェニーをじっと見おろした。それから片手を彼女の熱い体にすべらせていき、もどかしげにパンティを取り去った。

「これが君の望んでいることかい？」

アレックスは彼女の目を見つめたまま長い指で脚を開かせ、愛撫《あいぶ》を始めた。

ジェニーは声をもらし、アレックスの肩のたくましい筋肉に指をくいこませた。彼の瞳に浮かんだむき出しの欲望から、彼女は目をそらすことができなかった。

ジェニーはアレックスの胸にそっと触れ、そのまま彼の熱い体を下に向かってたどっていった。そして、ついに興奮に熱く脈打っている場所にたどり着いた。

アレックスはうめいた。「ジェニー、だめだ……」彼の呼吸が速くなった。「少し時間をくれないと」

「いやよ！」ジェニーは両脚を彼に巻きつけて誘うように体を動かしたが、彼は彼女との間に距離を保とうとした。

「まだだ……君は準備ができていない」

準備ができていない、ですって？

ジェニーは欲求不満のあまり泣き声をもらし、必死に誘った。だが、アレックスはその誘惑を無視し、さらに彼女をじらすつもりのようだった。

脚の間にアレックスの舌の動きを感じたとき、ジェニーは身をくねらせて逃れようとした。だが、彼はジェニーの抵抗をものともせず、しっかりと彼女の体を押さえて最も親密な方法で愛撫した。そのうち彼女は恥ずかしさも忘れ、今まで想像したこともなかった力強い興奮にのまれていった。

ジェニーは体の奥が激しく脈打つのを感じた。アレックスが再び彼女の上におおいかぶさり、唇を奪った。そのキスはエロチックで貪欲《どんよく》だった。

「僕に脚を巻きつけるんだ」アレックスは命じた。ジェニーは抑えきれない興奮に駆られ、素直に彼の言葉に従った。

アレックスはかすかにためらい、ジェニーの顔を見おろした。彼女はふいに、アレックスがまた気を変えるのではないかと不安になった。自分が彼を満足させていないのではないかと。

ジェニーはアレックスの背中に指をすべらせ、彼を自分の熱い体に引き寄せようとした。彼は鋭く息を吸いこむと片腕を彼女の腰の下にすべりこませ、持ちあげた。

ジェニーは一瞬緊張したが、彼はそっと体を重ね、少し間をおいてからゆっくりと動きはじめた。彼女はアレックスに身をまかせ、彼の動作の一つ一つを存分に味わった。

その後、ふいにアレックスが動きをとめた。呼吸を荒らげて額に汗を光らせ、情熱に燃える瞳でじっとジェニーを見おろしている。

「僕は君を傷つけてるかい？」

ジェニーは首を横に振り、さらに彼を促した。高まっていく興奮のじゃまをしようとする一瞬の苦痛を無視して。

だがアレックスは、ジェニーの体が今まで経験のない男性の侵入に対してかすかに抵抗するのを感じ取ったようだった。彼は小声で悪態をつき、震える手で彼女の顔から湿った髪を払った。

「リラックスしてくれ、スイートハート」アレックスがかすれた声で言ったので、ジェニーは彼の言うとおり体の力を抜いた。「よくなったかい？」

ジェニーはうなずいた。すると彼は目を閉じ、さらに深く体を重ねてきた。

「君はもう僕のものだ、ジェニー」アレックスはうめくように言った。「君のすべては僕のものさ」

ジェニーは目を閉じた。

すべて彼のもの。

それが事実であってほしいと心から思いながら、ジェニーはアレックスにしがみついた。彼は果てしない恍惚《こうこつ》の世界へと彼女を駆り立てていった。

ジェニーはアレックスの肩をしっかりとつかみ、二人の親密な時間を一瞬一瞬まで味わおうとした。これが今夜限りだとわかっていたからだ。

やがてアレックスが体を回転させて仰向けになり、

ジェニーを胸元に引き寄せた。

「君は驚くべき女性だ」アレックスはジェニーの顎に指をかけ、自分の方に向かせた。「ジェニー……」

「しーっ……」ジェニーはアレックスの唇に指を当てた。まだ残っている幸せな気分を彼の言葉で壊されたくなかった。「話をするのはやめましょう」

アレックスはいかにも男らしい笑みを浮かべた。

「君はやはりふつうの女性とは違うな。セックスのあとで話をしたがらないなんて」

ジェニーはふいに失望がこみあげるのを感じた。

セックス。

もちろんアレックスにとってはそれだけだったのだ。私はほかになにを期待していたのだろう？　私と情熱的な一夜を楽しんだあと、彼が突然、今まで女性との深いかかわりを避けてきたのは私に出会うためだったと気づくとでも思っていたのだろうか？

ジェニーはアレックスに腕をまわした。できるだけ長く彼に寄り添っていたかった。少なくとも、今夜彼は私のものだ。そして、もし私に手に入るものがそれだけなら、一分一秒までむだにするまい。

ジェニーは安らかな気持ちで目覚め、自分がまだアレックスと手と脚をからみ合わせているのに気づいた。頭を動かし、ちらりと時計を見ると五時だった。大人にはまだ早い時間だが、小さな子供たちにとってはそうではない。

彼女はアレックスを起こさないようにそっと体を離した。そして、床からすばやくTシャツを拾い、急いで自分の部屋に戻った。

すると何分もしないうちにアシーナの叫び声が聞こえた。ジェニーは忍び足で子供部屋に向かった。アシーナはもうすっかり目を覚まし、その叫び声でデイジーも起きてしまっていた。

ジェニーはデイジーをベッドから抱きあげ、二人を階下へ連れていった。

二人の声でアレックスを起こしたくなかった。

昨夜の彼がどんなにわずかな睡眠しかとっていないか思い出すと、ジェニーは顔がほてるのを感じた。

アレックスは昨夜一晩で、ジェニーの体について彼女自身がこの二十三年間に知ってきた以上のことを教えてくれた。

ジェニーはまったく違う人間に生まれかわったような気分だった。生まれて初めて、自分を魅力的な女性だと感じた。

子供たちをキッチンへ連れていくと、ジェニーはデイジーを幼児用椅子《ハイチェア》に座らせ、アシーナと一緒にパン作りを始めた。

それからしばらくして、彼女はゾーイのようすを見に二階へ上がっていった。ゾーイはアレックスと一緒にベッドでまるくなり、二人ともぐっすり眠っていた。

その光景を見て、ジェニーは心臓が引っくり返りそうになった。

自分はひどい父親になるともしアレックスが本当に思っているとしたら、彼は自分をだましている。

彼はすばらしい父親になるだろう。

ジェニーは眠っている二人をそのままにして、そっと階下へ戻った。結局二人は、八時過ぎにあくびをしながら現れた。ゾーイはパジャマのまま、アレックスはジーンズだけを身につけて。

髭《ひげ》を剃《そ》らず、上半身裸の彼は息をのむほど魅力的で、彼と目が合うとジェニーは顔を赤らめた。

ベッドをともにした翌朝、男性とどんな会話を交わしたらいいかまったくわからなかったが、子供たちがいるおかげで気が楽だった。

「アシーナとロールパンを作ったの」ジェニーは陽気な口調で言った。「この子はとても早く起きたから、なにかさせておいたほうがいいと思って……」

アレックスはうなずき、ゾーイを椅子に座らせてから伸びをした。ジェニーの目は彼の肩の波打つ筋肉に引きつけられた。アレックスは本当にすばらしい体をしている。ベッドの中で彼が自分をどんな気持ちにさせてくれたか思い出し、ジェニーの体は震えた。

そのとき、彼女はふいに今まで味わったことのない痛みを感じた。

アレックスが彼女に鋭い視線を向けた。「大丈夫かい？」

なにを尋ねられているかはすぐにわかったが、ジェニーはあえて彼の目を見て答えた。「もちろん大丈夫よ」

二人の間に起きたことを後悔しているなんて、一瞬でもアレックスに思ってほしくなかった。

あんなに完璧《かんぺき》な出来事を、どうして後悔したりできるだろう？

「よかった」アレックスはもう一度さぐるように彼女を見てから手を伸ばしてロールパンを取り、ゾーイの皿に置いた。「アンドリアスと話したんだ。彼は夜のうちにこっちに着いて、まっすぐ病院に行ったらしい」

ジェニーはゾーイのグラスにミルクをついだ。

「早い飛行機に乗れて幸運だったわね」

「彼の一族は自家用ジェットを持ってるんだ」当然のような口調でアレックスが言ったので、ジェニーは空気を入れすぎて破裂した風船のような気分になった。

いったい私はこの男性となにをしているのだろう？

アレックスは私とはかけ離れた世界で暮らしているのだ。もしクロエのことがなければ、私たちの人生が交わることは決してなかっただろう。

だが、そう思っても、ジェニーは昨夜の出来事を後悔する気にはなれなかった。

アレックスはコーヒーを飲むと立ちあがった。

「僕は病院に戻るよ。君に子供たちをまかせて大丈夫かい？」

ジェニーはうなずいた。「もちろん」

「それじゃ、またあとで」アレックスはジェニーの目をじっと見て言った。彼女はそこに約束を読み取り、一気に鼓動が速くなった。彼の目は、昨夜のことは一度限りではないとはっきり告げていた。

体の中に喜びがわき起こるのを感じながら、ジェニーはキッチンを出ていくアレックスを見守った。それから子供たちに朝食を食べさせることに意識を集中しようと努めた。

「なぜ笑ってるの、ジェニー？」ゾーイに無邪気に尋ねられ、ジェニーは罪悪感を覚えて唇を噛んだ。

リビーは深刻な容体で入院しているというのに、私はアレックスのことでばかみたいににこにこしているなんて。

「いつでも笑顔でいようとするのはいいことなのよ」ジェニーは静かに言った。「ミルクをもっと飲む？」

ゾーイはグラスを差し出した。「今日はママに会えるかしら？」

「だといいわね」ジェニーはグラスにミルクをついだ。「ゆうべあなたのパパが着いたと言っていたから、じきに会いに来てくれるでしょう」

「パパが？」ゾーイは顔を輝かせてミルクを飲み、アシーナは食べかけのパンを床にほうり出した。

午前中、子供たちはおもちゃで遊んだり、絵を描《か》いたりして静かに過ごしていた。そして、昼近くなったころ、アレックスの書斎で電話が鳴った。

ジェニーはためらった。出るべきだろうか？

リビーが入院しているときに電話を無視するわけ

にはいかないと決心し、ジェニーは書斎に急いだ。

部屋に着いたとき、電話の音がやんだ。そして、ファックスの受信が始まった。

リビーの件とは関係ないようだったので、彼女はほっとして部屋を出ようとした。だが、ふいに書類の一番上に自分の名前があるのに気づいた。

漠然とした不安を覚え、彼女は最初の一枚に手を伸ばした。ロンドンの大手法律事務所のレターヘッドのあと、彼女の名前を含んだ見出しがついていた。ジェニーは震える手で書類をつかみ、それに続く報告書を読んだ。弁護士の調査報告に目を通すうちに、彼女は蒼白《そうはく》になって椅子に座りこんだ。

ゾーイが部屋に入ってきたとき、ジェニーはまだ恐ろしげに書類を見つめていた。

「デイジーはミルクを飲みおわって、アシーナは床に絵の具をこぼしてしまったの」ゾーイは言い、首を傾《かし》げてジェニーを見た。「具合が悪いの？」

ジェニーは必死に声を出そうとした。「いいえ」しわがれた声で言うとやっとの思いで立ちあがり、アレックスのデスクに書類を置いた。「大丈夫よ」

たった今知った事実を考えると、アレックスがデイジーの父親でないのは明らかだった。報告書によれば、アレックスはあの夜クロエと一回ダンスをしただけで、クロエはまったく別の人物と会場を去ったという。彼女が一夜をともにした人物と。その男性はすでに結婚していて、美しい夫人との間に三人の子供がいる著名な人物だった。

クロエが自分の子供の父親を言いたがらなかったのも無理はない。

ジェニーは両手で目をおおった。あまりに途方もないクロエの嘘《うそ》に打ちのめされていた。

今やクロエが赤ん坊の父親の名前を明らかにしなかった理由が明らかになった。この男性の名前を出したら大変なスキャンダルになり、クロエやおなかの子供も含め、おおぜいの人々が傷ついただろう。

この男性は赤ん坊のことを知っているのだろうか？　クロエは彼と連絡をとろうとしたのだろうか？

今後もその答えはわからないかもしれないが、一つだけ確かなのは、アレックス・ウエスタリングがデイジーの父親ではないということだ。

ジェニーは自分がアレックスに浴びせたさまざまな非難の言葉を思い出し、うめき声をもらした。私はなぜあんなひどいことを言えたのだろう？　さらに、私は彼の家に押しかけ、彼の人生に干渉し……。

ジェニーは恐ろしくなって片手を口に当てた。

どうして私はあんなことができたのだろう？

もちろんその答えはわかっていた。ジェニーはクロエを信じていたし、クロエは自分の命が長くないと知り、母親としての本能でデイジーが安全に守られるようにしたかったのだろう。

だが、クロエにどんな動機があったにせよ、アレックスにはデイジーに関する責任などまったくないのだ。

「ジェニー？」

ゾーイがまだ心配そうな顔で見ているのに気づき、ジェニーは無理やり立ちあがってキッチンに戻った。

彼女はすでに自分がどうするべきか決めていた。

私はここを出ていかなくてはならない。

アレックスとはもう二度と顔を合わせられない。私は彼の子供でもない赤ん坊を連れて家に押しかけ、あんなひどい言葉を浴びせたのだ……。

ジェニーは一瞬目を閉じ、息を吸いこんだ。アンドリアスが来たら、すぐにここを出ていこう。

そうすれば、アレックスはこれまでずっと謳歌《おうか》してきた気ままな独身生活に戻ることができる。

10

アンドリアスは昼食のころにやってきた。ゾーイとアシーナは大喜びで彼に飛びついた。

ジェニーはすでに自分の車に荷物を積みこみ、アレックスに短い手紙を残していた。それまでに六回、手紙を破いては書き直した。ひどいことを言ったのを詫《わ》びようとしても、適当な言葉が思いつかなかった。あんなひどい間違いを、いったいどんな言葉で詫びればいいのだろう？

結局、彼女は自分の気持ちを伝えるのをあきらめ、事実だけを述べた簡潔な詫び状を残した。

そして今、アンドリアスがやってきてジェニーが出ていくべきときがきた。

「リビーはどうですか？」

「とてもよくなったよ」アンドリアスはにっこりした。「明日の朝には退院できればいいと思っているんだが、その前に子供たちを連れていくつもりだ。彼女がひどく会いたがっているんでね」

「子供たちも寂しがっていました」ジェニーが弱々しくほほえむと、アンドリアスは彼女に鋭い視線を向けた。

「大丈夫かい？　なんだかとてもつらそうに見えるが。うちの娘たちが迷惑をかけたかい？」

ジェニーは即座に首を振った。「二人ともとてもいい子でした。私はあの子たちが大好きですわ」

「だが、君はひどく動揺している……それは確かだ。なにか僕にできることはないかい？」

ジェニーは言葉で答える自信がなく、首を横に振った。「リビーのためにチョコチップマフィンを作ったんです」彼女はつぶやき、アンドリアスに涙を見られないように急いでキッチンに行った。「まだ食べられないでしょうけど、なにかしたくて」

「チョコレートなら、リビーはきっと食べるさ。ありがとう。だが、ジェニー――」

「私はデイジーのようすを見に行かないと」ジェニーは急いで言い、アンドリアスにマフィンの入った缶を押しつけて部屋を出た。

　アレックスはモニターをチェックし、妹の方をちらりと見た。「異常はないようだな」

「ええ」リビーは兄に愛情と感謝のこもったまなざしを向けた。「なんて言えばいいかわからないわ、アレックス……」

「これからはアドレナリンを二本持ち歩くと言ってくれ。一本では不十分だ」今やすっかり冷静さを取り戻し、アレックスはもの憂げに言った。そして、彼が妹を抱き締めようと身をかがめたとき、アンドリアスが子供たちを連れて部屋に入ってきた。

　子供たちがさっそく母親のベッドに這《は》いあがると、アンドリアスは義理の兄をわきへ呼んだ。「ジェニーに会ったよ」

　アレックスはほほえんだ。「すばらしい女性だろう？」

　だが、アンドリアスは笑みを返さなかった。「彼女はひどく動揺しているようだった」

「動揺している？」アレックスはなぜか不吉な予感を覚えた。

「もちろん、僕は彼女をよく知らない。だが……明らかにようすが変だった。彼女は打ちひしがれているように見えたよ」

　打ちひしがれている？

　昨夜あんなすばらしい時間を過ごしたのだから、ジェニーが幸せそうでないなんてアレックスは思ってもみなかった。

だが、昨夜おまえはジェニーになにを与えたんだ？　アレックスの中でそんな声が聞こえた。情熱的なセックスの最中でも、僕は〝愛している〟と女性に向かって口にするようなタイプではない。だが、彼女はそんなことは気にしていなかった。そうだろう？

実際、彼女は約束など期待していないと言った。

だからこそ、彼女は僕にとって完璧《かんぺき》な女性なのだ。

それなのに、なぜ僕は彼女を失うかもしれないと思ってこんなにうろたえているのだろう？

アレックスは彼らしくもなく動揺し、妹に向かって言った。「僕は家に帰らなくてはならない。ジェニーのようすを見に行かないと」

リビーはアシーナをわきへどけ、兄をじっと見つめた。「彼女はあなたを愛しているわ、アレックス。本当に、心から愛しているのよ」

生まれて初めて良心がうずき、アレックスは体をこわばらせた。

ちくしょう、僕はジェニーと愛し合ったりするべきではなかった。

だが、あれは完璧な経験だった……。

アレックスは病院を出て、猛スピードで車を走らせた。そして、家の外に車をとめた瞬間、彼はアンドリアスの言葉は正しかったと悟った。

ジェニーの車がなくなっている。

車のドアも閉めずに、アレックスは家の中に飛びこんだ。ジェニーはちょっと出かけただけだと思いたかったが、二階の部屋を一目見て、彼女が荷物をすべて持っていったのがはっきりした。

アレックスはキッチンを調べ、テーブルの上に残された手紙を見つけた。

震える手で封筒を開けて手紙を読むと、彼はすぐに書斎に行き、ジェニーがふれていたファックスを手に取った。

アレックスはすばやくそれに目を通し、自分がデイジーの父親ではないという事実を知ると大声で悪態をついた。

ジェニーが行ってしまった。

僕がデイジーの父親ではないと弁護士が確認したから、彼女は行ってしまったのだ。

アレックスはふいに、本当は自分がどんなにデイジーの父親でありたいと望んでいたか気づいた。

周囲を見まわすと、ほんの短期間でジェニーが大きく自分の生活を変えたことを実感した。彼女はその温かさとやさしさで空虚な空間を満たし、彼の家を家庭へと変えていた。

デイジーが自分の子供かどうかなんてどうでもいいと、アレックスは思った。とにかく二人に戻ってきてほしかった。

彼はすぐさま車に戻り、猛スピードで走りだした。ジェニーがどこへ向かったかはわからないが、まずはこの道を行ったはずだ。それに、僕の車のほうがずっとスピードが出る。

アレックスはレーサーのようにギアをまめにチェンジし、見通しのいい場所に来るたびに赤い小型車が見えないかじっと目を凝らした。

だが、なにも見えず、彼は方向を間違えたのではないかと思いはじめた。

ひょっとしたらジェニーは村を出ていないのかもしれないし、裏道を使ったのかもしれない。

アレックスはいらだたしげにうめき、再びアクセルを踏もうとした。そのとき前方にちらりと赤いものが見えた。

彼はスピードをゆるめながら、恐怖のあまり鼓動が速くなるのを感じた。

車が水路に落ちている。ジェニーの車だ。

アレックスはブレーキを踏み、タイヤをきしませて車をとめた。

「ジェニー！」彼は車を降り、土手をすべりおりた。ジェニーはハンドルに突っ伏していた。目を閉じ、頭の傷からは血が流れている。

後部座席に目をやると、チャイルドシートに固定されたデイジーが泣いていた。

リビーが発作を起こしたときと同じような恐怖が全身に広がるのを感じながら、アレックスは携帯電話で救急車を呼んだ。震える声で場所を知らせている間もずっと、彼は事故でゆがんでしまったドアを力いっぱい引っぱっていた。

そのあと反対側のドアも試し、どうにかそれを開けるのに成功した。

アレックスは助手席にすべりこんだ。「ジェニー。ジェニー、アレックスだ。なにか言ってくれ」

彼がジェニーの首に手をやって脈拍を確認しようとしたとき、サイレンの音が聞こえてきた。

アレックスは彼女が呼吸しているのを確かめると、ほかに怪我《けが》はないか手際よく調べた。頭の傷以外には出血もないようだった。それから後部座席にいるデイジーの安全を確認した。

「アレックス？」窓から一人の救急隊員の顔がのぞき、アレックスはほっとしてそちらを見た。

「マイク、赤ん坊をここから出してくれ。それと、ジェニーの扱いは慎重に頼む。念のため脊柱《せきちゅう》矯正板を持ってきてくれないか？　首を痛めているかもしれない」

そのあと消防車が到着したとき、ジェニーが目を開いた。

「ジェニー！」アレックスはしわがれた声で呼び、やさしく彼女の頭を撫《な》でた。「僕の声が聞こえるかい？」

ジェニーはゆっくりと彼の方を見た。「デイジーは？」

アレックスはほっとしてうめき声をもらした。

「デイジーは大丈夫だ。君もすぐにここから出してあげるよ」

「頭が痛むの」

「ほかには？　ほかにどこか痛むかい？」

ジェニーは少し考えてから答えた。「いいえ、ほかはなんともないと思うわ」

それから三十分間、ジェニーを車から救出しようとみんな必死に働いた。

そして、ついに彼女は救急車に乗せられ、アレックスもその横に乗りこんだ。「出発してくれ！」

ジェニーが驚いて彼を見た。「あなたの高級車を道端に置いていくなんてやめたほうがいいわ」

「車なんてどうでもいい」アレックスはジェニーの手を取った。「なにが起きたか覚えているかい、ジェニー？」

「覚えてるわ」ジェニーは目を閉じ、一瞬まぶたを震わせてからまた開けた。「なぜ私がここにいるとわかったの？」

アレックスは力なくほほえんだ。「運がよかったのさ」

ジェニーは彼から目をそらし、かすれた声で言った。「アレックス……私の手紙を読んだ？」

アレックスの顎がこわばった。「ああ」

「デイジーはあなたの子供ではなかったわ」ジェニーの目に涙があふれた。「でも、私はそうだと信じていたの。ひどいことを言ってごめんなさい」

アレックスは体をこわばらせ、ジェニーを抱き寄せたい衝動を必死に抑えこんだ。「今はこの話をするのはよそう」彼はジェニーの手をぎゅっと握った。

「話し合う時間はあとでいくらでもある」

「でも……」

「あとにするんだ」アレックスは言い、もどかしげに窓の外を見た。「今、どのあたりだい？」

「もうすぐ着きます」救急隊員が静かに言った。まもなく病院の入口が見えてきた。

ジェニーはベッドに横たわっていた。隣の小児用ベッドにはデイジーが眠っている。

「私は本当に一晩ここにいなければならないの？」ジェニーは血圧をはかっている看護婦に尋ねた。

「あなたは頭にひどいこぶができてるのよ」看護婦は答え、血圧を記録した。「幸いどこにも異常はないようだけど、アレックスの許可が出る前にあなたに指一本でも動かさせたら、私たちは彼から大目玉をくらうわ」

ジェニーは弱々しく笑った。「彼はいばり屋ね」

「そのとおりだ」戸口からもの憂げな声が聞こえた。アレックスは看護婦からカルテを受け取り、ちらりとモニターを見た。「気分はどうだい？」

ジェニーは顔をしかめた。「頭痛はするけど、それ以外はなんともないわ」

「吐き気はないかい？」

彼女はうなずいた。「大丈夫よ。本当に」

「だが、大事をとって今夜は君をここに泊まらせるつもりだ」アレックスは目をくるりと動かした。「君やらリビーやら、病棟はうちの家族だらけさ」

うちの家族。

激しい胸の痛みを覚え、ジェニーは目を閉じた。その言葉は、自分がどんなにそうなりたいと望んでいたかを彼女にはっきりと思い出させた。

アレックスの家族に。

いつのまにか、ジェニーはアレックスとの暮らしに慣れてしまっていた。二人の間には永遠に続くものなどなにもないとわかっていても、今はその夢をあきらめるのがひどくつらくなっていた。

アレックスは彼女の悲しげな顔を見て、看護婦の方に向き直った。「二人だけにしてくれるかい？」

看護婦はすぐに部屋を出ていき、ドアを閉めた。

「よし」アレックスはベッドに腰を下ろした。「そろそろ二人で話し合うべきときだ」

「ええ」ジェニーはなんとか笑顔を作った。アレックスが謝罪を求めているとわかっていた。「あなたに言ったことを……あんな非難の言葉を浴びせたことを、どう謝ればいいかわからないわ。私に言えることはなにもない……自分がどうしようもない誤解をしていたということ以外は」

「デイジーの父親に関してはね」アレックスはそっけなく言った。「だが、それ以外は君の言うとおりさ。僕は自分勝手で軽率なろくでなしだ」

ジェニーは驚いてアレックスを見た。「違うわ。あなたは信じられないほど寛大よ」

アレックスは皮肉っぽくほほえんだ。「君は僕のことをかなり買いかぶっていると思うよ」

彼のわずかに乱れた髪、髭《ひげ》の伸びかけた顎、恐ろしいほど美しい青い瞳を見て、ジェニーは思った。彼のことを正確に描写するには、どんなに買いかぶっても足りないだろう。

「ファックスを読んだ？」

「ああ。それで、君はどうするつもりなんだい？」

ジェニーは首を振り、満足げに眠っているデイジーの方を見た。「私はなにもしないことに決めたの」

アレックスは口元をこわばらせた。「彼には君たちになんらかの援助をする義務がある」

ジェニーはアレックスに向かって悲しげにほほえんだ。「彼は結婚していて、三人の子供がいる。だから彼が私たちにできる唯一の援助は経済的なものだけど、私にはそれは必要ないわ。私がデイジーのために心から望んでいるのは、あの子を愛してくれる父親、彼女の人生にかかわってくれる、やさしい男性よ」

アレックスは鋭く息を吸いこんだ。「じゃあ、君は彼を放免してやるつもりなのかい？」

「彼の家族のことも考えなくてはならないわ。結婚生活を破綻《はたん》させ、子供たちにつらい思いをさせるとわかっているのに、彼に近づくことなどできない。彼とクロエの関係は一夜限りのもので、双方にとって過ちだったんでしょう」

アレックスはジェニーの手を取った。「君はあきれるくらい寛容だな」

「ゆうべのことがあるから、私もセックスに関してそんなに無邪気な発言はできないわ。人がどんなふうに興奮に押し流されるか、私にもわかるもの。一夜限りの情事のために、良識などどこかへ吹き飛んでしまうこともあるのね」

「一夜限りの情事？」アレックスは荒々しい口調で繰り返した。「君はゆうべの出来事が僕たちにとってその程度のものだったと思ってるのかい？」

ジェニーは顔を赤らめ、手を引っこめようとした。だが、アレックスはしっかりと彼女の手を握ったままだった。「私はあなたが一人の女性と三カ月しかつき合わないというルールを知ってるわ」

「僕はいつも、ルールは破られるためにあると信じてきた」彼はかすれた声で言い、ジェニーの手をきつく握り締めた。「ジェニー、僕自身についていくつか君に話しておかなくてはならないことがある」

ジェニーは息をつめ、じっと横たわっていた。いったいなにが起きるのだろう？ 自分自身について語るなんて、まったくアレックスらしくない。

「僕の両親は最悪の結婚生活を送っていた」彼はそっけない口調で話しはじめた。「喧嘩《けんか》や言い争いが絶えず、父は次から次へとおおっぴらに情事を繰り返し、母は完全に父を無視していた」

「あなたたちはそれをすべて見ていたの？」

「いや、幸い妹たちと僕は小さいころから寄宿学校に入れられていたんだ」

幸い？

幼い子供にとって家族と離れるのがどんなにつらいことかと想像し、ジェニーは胸が締めつけられた。

「きっとひどい生活だったんでしょうね」

「ひどい生活？」アレックスは辛辣《しんらつ》に笑った。「寄宿舎に入ったのは、地獄からの脱出だったよ。ひどいのは休日だったが、僕はいつもうまく友人の家に呼んでもらうようにしていた」

ジェニーは力なくアレックスを見た。彼が極端なくらい他人を頼りにしないのも不思議ではない。たいていの子供がまだ完全に親に頼りきっている年ごろから、彼は自分だけの力でやってきたのだ。

「だからあなたは一人の女性に深くかかわり合いたくなかったの？」ジェニーは穏やかに尋ねた。「すべての結婚がご両親のようだと思っているから？」

「いや。すべての結婚がそうでないのはわかっている。リビーとケイティがいい例さ。二人は自分の選んだ男性を心から愛している。僕はただ、自分は結婚に向いていないと思ってたんだ。正直言って、昨日までの僕はわかっていなかった。僕はいつも、結婚とは一緒にいるべきではない人々を無理やり一緒にいさせるためのもので、子供たちはその板挟みになると思いこんでいた」

ジェニーは自分の中に灯《とも》った小さな希望の光をあえて無視して尋ねた。「今日はどう変わったの？」

アレックスはジェニーの顔を両手で包みこみ、彼女の目をのぞきこんだ。「今日は、君が僕の人生から出ていこうとした日であり、なぜ人々が結婚するのかついに僕にもわかった日だ。それに、僕は今日、〝愛〟という言葉の意味を理解した。それは僕が君に感じている気持ちのことだったのさ、赤ずきんちゃん」

ジェニーは黙ってアレックスを見ていた。彼が私の思っているようなことを言っているはずはない。きっと私が聞き違えたのだろう。

「アレックス？」

アレックスは身をかがめ、ジェニーの唇にやさしくキスをした。「ジェニー、僕はデイジーの人生にとってかけがえのない男性になりたいし、君の人生にとってもかけがえのない男性になりたいんだ」

ジェニーはアレックスをじっと見つめた。彼がデイジーを、そして私を求めている？

「なにか言ってくれないか？」アレックスのまなざしがふいに真剣になった。「ゆうべ、君は僕を愛していると言った。それは本当かい？　結婚してもいいと思うくらい愛しているのかい？」

ジェニーは乾いた唇を舌で湿らせた。「あなたは私と結婚したいの？」

「ああ、君と結婚したい。ほかの男には指一本触れさせたくないからね。ゆうべ僕は君を自分のものにした。そして、これからもずっと自分のものにしておきたい。君は狼《おおかみ》を自分の人生に迎え入れてしまったんだから、もう逃げられないよ」

幸せがどっと押し寄せ、ジェニーはほほえんだ。だが、あまりにも夢のような話ですぐには信じられなかった。

「本当に私と結婚したいの？」ジェニーは唇を噛《か》み締め、アレックスを見あげた。「私はあなたの独身生活を崩壊させたのよ」

「完全にね」

「私は無理やりでもあなたに朝食を食べさせるわ」

「僕は君の朝食が大好きさ」

「私はきっとあなたのウイスキーを隠すでしょう」

アレックスの青い瞳がきらめいた。「僕は自分にシングルモルトより好きなものがあることを発見したんだ」

ジェニーは顔を赤らめた。「アレックス……」

「いつか君が顔を赤らめなくなるときがくるんだろうか？」アレックスは考えこむように言い、ジェニーの頬をやさしく撫でた。「五十年間一緒に暮らしたら、君も狼のやり方に慣れるかもしれないな」

ジェニーの瞳がいたずらっぽい光を放った。「私はまだイエスと言ってないわよ」

彼はにやりとした。「だが、君はそう言うだろう」

「ずいぶん自信があるのね、ドクター・ウエスタリング」心臓の鼓動が速くなるのを感じながら、ジェニーはささやいた。「あなたが本当に私とデイジーを求めているなんて信じられないわ」

「でも、そうなのさ。僕はデイジーの最高の父親になれるよう、最善を尽くすよ」

ジェニーは片手を上げ、アレックスの頬に触れた。「私はあなたがすばらしい父親になると確信していたわ。そう思っていなかったのはあなただけよ」

「君が母親としてそばにいてくれれば、きっといい父親になれると思う」そして、アレックスはジェニーがめまいを覚えるほど激しいキスをした。「さて、答えを聞かせてくれ。僕と結婚してくれるかい？ 父親の役目をきちんと果たすためには、君の助けが必要なんだ。君の答えは？」

「イエスよ」それ以外にどんな答えがあるというのだろう？「完全にイエスだわ」

アレックスはにやりとした。「だったら、君はこれをつけたほうがいいな。君のようすを見に来たドクターたちが妙な考えを起こすといけないから」彼はズボンのポケットから小さな箱を取り出し、蓋《ふた》を開けた。

美しいダイヤモンドの指輪を見て、ジェニーは息をのんだ。「それを私に？ でも、いつこんな指輪を買いに行く暇があったの？」アレックスはこの指輪をほかの女性のために選んだのかもしれない。そう思うと、ジェニーは耐えられない気分になった。

「宝石商を脅して、早く店を開けさせたのさ」アレックスは言い、指輪を彼女の指にそっとはめた。

「君がなにを考えているかはわかってるが、僕はこれまで女性に指輪を買ったことは一度もない。それは信じてくれ。この指輪は君だけのために買った」

私だけのために？

指輪を見おろすジェニーの目に涙があふれた。

「まるでお伽噺《とぎばなし》みたい」

「そうでもないよ」アレックスはやさしくからかった。「お伽噺では、最後に赤ずきんちゃんと一緒になるのは狼ではないからね」

ジェニーは目に涙をためてほほえんだ。「狼はずいぶん誤解されていると、私はいつも思ってたのよ」

アレックスはひどく男らしい笑みを浮かべた。

「さあ、それはどうかな」

そして、彼は身をかがめてジェニーにキスをした。

エピローグ

ガーデンパーティはおおいに盛りあがった。おおぜいのウエーターがシャンパンを持って歩きまわり、客たちは芝生の上で思い思いに談笑していた。

「父さんがバウンシー・キャッスルを用意するのに賛成したなんて信じられないな」アレックスはもの憂げに言い、子供たちが大喜びですべったり飛びはねたりするのを楽しげに見つめた。

「賛成してはいないわ」リビーはとりすました笑みを浮かべた。「私が決めたのよ。子供たちがパーティで楽しんではいけない理由はないでしょう。ほんの二時間前に着くように手配したから、パパは抗議する暇がなかったの」

アレックスは声をあげて笑ってから、下に視線を向けた。デイジーが彼のズボンを引っぱったのだ。

「やあ、天使さん」彼はデイジーを抱きあげ、頬にキスをした。「楽しんでるかい？」

「本当にかわいい子ね」リビーはデイジーを見てほほえんだ。「彼女が二歳半になったなんて信じられないわ。初めて会ってからもう二年たったのね。私が蜂《はち》に刺されたときのことを覚えてる？　あのときは本当に恐ろしかったわ」

　アレックスは片方の眉をつりあげた。「アドレナリンは持ち歩いているんだろうね？」

　リビーはうなずき、ハンドバッグを軽くたたいた。

「もちろんよ。アンドリアスはものすごく神経質になって、あらゆる場所に用意しているわ」

「それはいい」アレックスは芝生の向こうをちらりと見て、顔をしかめた。「アシーナを見たかい？　今度はなにを口に入れてるんだろう？」

　リビーはにっこりした。「ケチャップよ。さっきまで大きな瓶を持っていたんだけど、やっと首相の上着で指をふくのをやめさせたの」それから彼女は再びデイジーに視線を戻した。「もう二年たつのに、この子の本当の父親がだれか教えてくれないの？」

　アレックスの瞳が険しくなった。「僕が父親だ」彼は静かに言い、女の子をさらにきつく抱き締めた。

「この子は僕の娘さ。そうだろう、スイートハート？」

　アレックスがデイジーの首に鼻をすり寄せると、デイジーはくすくす笑った。そこへ涼しげな青い麻のドレスを着たジェニーがやってきた。

「あなたはその色がとても似合うわね」リビーは言った。「それに、その靴はドレスにぴったりだわ」

　ジェニーは足元を見おろし、恥ずかしそうにほほえんだ。「靴を貸してくれてありがとう。こんなに高いヒールには慣れていないから、歩き方にはとても注意しているの。でも、アレックスに比べて自分がそれほど小柄だと感じないのはいい気分ね」ジェニーは彼を振り返った。「リビーは靴を六十三足も持っているのよ。知っていた？」

アレックスはあくびをした。「それだけかい？　だったら彼女は明らかに何足か売ったんだろう」

リビーは笑い、兄の肩を拳《こぶし》でたたいた。「いやな人ね。あなたはジェニーに矯正してもらったほうがいいわ」

「矯正してもらうだって？」アレックスはジェニーに近づき、彼女が頬を赤らめるのを楽しげに見つめた。「僕はそうは思わないな」

「アレックス！」ジェニーはあとずさりし、人目を気にするように周囲を見まわした。「あなたのお父様にショックを与えたくないわ」

「あら、私はそうしたいわ」リビーが陽気に言った。「それが私のお気に入りの気晴らしなの。もっと続けて、パパにショックを与えてちょうだい」

「およしなさいよ、リブ」ケイティが七歳になる双子の息子たちの手を引いてやってきた。「パパは昔よりずっとましになったわ」そして、ジェニーの方に向き直った。「あなたのところの双子はどこ？」

「アンドリアスとジェイゴと一緒にいるわ」ジェニーは芝生の向こうを指さした。「あの二人をジャングルジムがわりに使っているの」

ケイティは笑った。「珍しいことよね。一族の中に双子の男の子が二組もいるなんて」

アレックスは手を伸ばし、我が物顔でジェニーを引き寄せた。「実際、僕はあの子たちを別々に産んだほうがいいと思ってたよ」彼は妻の頭にそっとキスをした。「妊娠中はずっと心配だった。君はものすごく華奢《きゃしゃ》で、一人の赤ん坊を産むのも大変そうなのに、まして二人だなんて」

ジェニーは愛情のこもった目でアレックスを見あ

げた。リビーとケイティは意味ありげにほほえみ、静かにその場を離れた。

「さて……」アレックスのかすれた声はとてもセクシーで、ジェニーの神経はざわめいた。「もっと人目につかない場所に抜け出そうか？」

ジェニーは大きく目を見開いた。「だめよ」

アレックスはゆっくりとほほえんだ。「君は僕と結婚して二年になるし、赤ん坊も二人いる。それなのに、なぜいまだに顔を赤らめるんだい？」

「あなたのせいよ！」ジェニーは唇を噛《か》み締め、彼から目をそらした。「あなたがいつも私を……私を……」

アレックスは再びジェニーに近づいた。「僕が君をどうするんだい？」

ジェニーはいたずらっぽい光の躍る彼の瞳をじっと見つめた。「ああ、アレックス、あなたを心から愛してるわ」

彼は息を吸いこみ、デイジーを地面に下ろした。「さあ、従姉《いとこ》のゾーイとしばらく遊んでおいで」

うれしそうに走っていくデイジーを少しの間目で追ってから、アレックスは妻に注意を戻した。

「一緒に来てくれ」

彼はジェニーの手を取り、ほかの客たちから離れて池の方へ続く曲がりくねった小道を歩いていった。

「どこへ行くの？」

「どこかもっと人目のないところさ」アレックスは彼女に向かってにっこりした。「君は人前で愛情を表現するのが好きではないようだから」

池に着くと、彼はしだれ柳の陰にジェニーを引っぱっていった。

「さて、ジェニー・ウエスタリング」アレックスは自信に満ちた声で言い、ジェニーを木の幹に押しつけて逃げられないようにした。「僕を愛していることについて、君はなんて言っていたかな？」

ジェニーはうめき、キスを求めて唇を上に向けた。二人の間に情熱の炎が燃えあがった。彼女は両腕をアレックスの首にまわし、キスが深まると体を震わせた。

ついにアレックスが顔を上げたとき、二人の笑顔は消えていた。「家に帰ろう」彼はかすれた声で言った。

熱い欲望にとらわれたまま、ジェニーはぼんやりと彼を見た。「だめよ、アレックス」

「ジェニー、僕は君が欲しいんだ。今すぐに」アレックスはおぼつかない手つきで彼女の顔にかかった髪を払った。「家に帰るか、ここで愛し合って人に見られる危険を冒すか、君が選んでくれ」

ジェニーの膝は震えていた。「アレックス、子供たちが……」

「子供たちも大喜びで帰ると言うだろう」アレックスは穏やかに言った。「率直に言って、僕も家に帰るほうがいい。そうすればそのドレスをはぎ取り、今朝コーンウォールを出たときからしたくてたまらなかったことができるんだから」

ジェニーは顔を赤らめた。「アレックス、まだ八時間しかたっていないのよ、私たちが……」彼女が困惑して口ごもると、彼の瞳が楽しげにきらめいた。

「僕たちがどうしたんだい？」

ジェニーは力なく彼を見た。二人がどんなに頻繁に愛し合っていようと、彼女は今もどうしようもなくアレックスが欲しかった。

「愛してるわ、アレックス」ジェニーがささやくと、アレックスは声をもらして彼女に顔を近づけた。

「僕も君を愛している。世界中のだれよりもね。さあ、家に帰ろう」

そして、彼らは家に帰った……。

とっておきの、ときめきを。
ハーレクイン

プレイボーイにさよなら
2005年9月5日発行

著　　者　　サラ・モーガン
訳　　者　　竹中町子(たけなか　まちこ)

発 行 人　　スティーブン・マイルズ
発 行 所　　株式会社ハーレクイン
東京都千代田区内神田 1-14-6
電話 03-3292-8091(営業)
03-3292-8457(読者サービス係)

印刷・製本　　凸版印刷株式会社
東京都板橋区志村 1-11-1

編集協力　　株式会社風日舎

ISBN4-596-21774-2 C0297

個性香る連作シリーズ

大反響を呼んだ大型企画！ 12部作「富豪一族の肖像」
揃える楽しさをプラスしてリバイバル刊行！ 毎月20日発売

化粧品会社をはじめ大企業を複数抱える、大富豪フォーチュン一族。そのトップに君臨するケイトの孫たちの艶やかな恋と陰謀の行方を追います。

並べたときに美しい！
風景写真が完成します。

「富豪一族の肖像 I」FC-1 ［224頁］

『雇われた夫』（初版 N-924） **9月20日発売**

夢の乳液の開発を担うロシア人化学者ニックに、国外退去の命令が下された。会社の一大事に、社長ケイトは彼と孫娘キャロラインとの偽装結婚を提案する。

おなじみ3つの連作シリーズ 9月20日発売

シルエット・コルトンズ THE COLTONS

『禁断の絆』SC-13 ケイシー・マイケルズ ［224頁］

亡き保安官代理を思い罪悪感を抱くエミリーの心も知らず、彼の兄ジョシュは彼女を追いつめてしまう。後悔しつつ、彼女の美貌にジョシュの心は揺らぐ。

シルエット・ダンフォース ついに最終話！ THE DANFORTHS

『傲慢なプロポーズ』SD-13 リアン・バンクス ［160頁］

エイブラハムは念願の次期上院議員となった。彼を公私共に支えてきたニコラは、二人の親密な関係がスキャンダルになるのを恐れ、身を退く決意をする。

ハーレクイン・スティープウッド・スキャンダル The STEEPWOOD Scandal

『約束のワルツ』HSS-13 メグ・アレクサンダー ［224頁］

15歳のときに故郷の村を出たパン屋の娘ジーナが貴婦人となって戻り、村中が噂でもちきりだった。しかし、それを深く沈んだ心で聞いた者が一人いた。

ハーレクイン社シリーズロマンス　9月20日の新刊

愛の激しさを知る　ハーレクイン・ロマンス

忘れえぬ情熱	ジャクリーン・バード／鈴木けい 訳	R-2061
トスカーナで恋を	アン・メイザー／青山有未 訳	R-2062
完全なる結婚	ルーシー・モンロー／有沢瞳子 訳	R-2063
ギリシアの騎士（異国で見つけた恋Ⅱ）	ジェイン・ポーター／漆原　麗 訳	R-2064
非情なプロポーズ	キャサリン・スペンサー／春野ひろこ 訳	R-2065
醜いシンデレラ	サラ・ウッド／苅谷京子 訳	R-2066

情熱を解き放つ　ハーレクイン・ブレイズ

ためらいの夜明け	ロンダ・ネルソン／駒月雅子 訳	BZ-31

人気作家の名作ミニシリーズ　ハーレクイン・プレゼンツ 作家シリーズ

傷だらけのヒーロー（孤独な兵士Ⅵ）	ダイアナ・パーマー／長田乃莉子 訳	P-258
砂漠の王子たちⅤ		P-259
略奪された花嫁	アレキサンドラ・セラーズ／安倍杏子 訳	
暗闇のシーク	アレキサンドラ・セラーズ／那珂ゆかり 訳	

キュートでさわやか　シルエット・ロマンス

＜愛を誓う日＞

プレイボーイの陰謀（危険な花婿たちⅡ）	ジェニファー・ドルー／沢　梢枝 訳	L-1153
～特別収録～　キャロル・グレイス 作　全編再録『シークと婚約？』		
秘めた絆（恋する楽園Ⅰ）	マーナ・マッケンジー／森山りつ子 訳	L-1154
なりすました恋人	リズ・アイアランド／早川麻百合 訳	L-1155
大富豪の誤算	メリッサ・マクローン／山田沙羅 訳	L-1156

ロマンティック・サスペンスの決定版　シルエット・ラブ ストリーム

導きの指輪（闇の使徒たちⅣ）	シンディ・ジェラード／斉藤潤子 訳	LS-255
愛すれど君は遠く	シャロン・サラ／葉山　笹 訳	LS-256
孤独なマーメイド（愛をささやく湖Ⅲ）	ルース・ランガン／清水由貴子 訳	LS-257
さまよえるプリンセス	ジョイス・サリヴァン／土屋　恵 訳	LS-258

連作シリーズ第13話！

シルエット・コルトンズ　禁断の絆	ケイシー・マイケルズ／佐藤たかみ 訳	SC-13
シルエット・ダンフォース　傲慢なプロポーズ	リアン・バンクス／小池　桂 訳	SD-13
ハーレクイン・スティーブウッド・スキャンダル　約束のワルツ	メグ・アレクサンダー／飯原裕美 訳	HSS-13

～Brilliant Romance～ 心にきらめくジュエリーを キャンペーン用クーポン

クーポンを集めて キャンペーンに参加しよう！

どなたでも応募できます。「10枚集めて応募しよう！」キャンペーン用クーポン

06　08

会員限定 ポイント・コレクション用 クーポン